KB104813

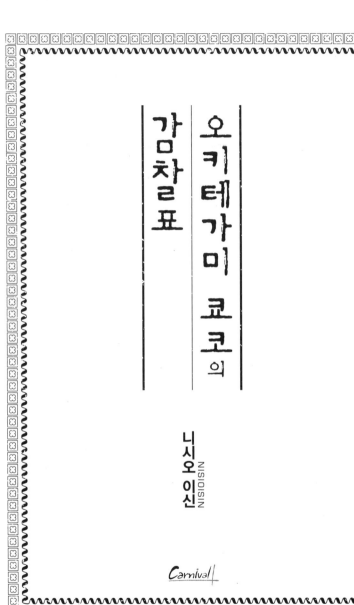

오키테가미 쿄코의 감찰표

감찰표

의

니시오 이신
NISIOISIN

Carnival

Okitegami Kyouko no Kansatsuhyou

ⓒ NISIOISIN 2021
All rights reserved.
Original Japanese edition published by KODANSHA LTD.
Korean translation rights arranged with KODANSHA LTD.

제1화

오키테가미 쿄코의 저격수

1

"하루마다 기억이 리셋되는 비밀 유지 의무를 절대 엄수하는 명탐정? 그래서 어떤 사건이든 하루 이내에 해결하는 가장 빠른 탐정? 하아~ 그런 얼빠진 설정을 잘도 생각해 내셨네요. 전혀 신빙성이 없어요. 제가 그런 허풍을 순진하게 믿을 줄 아셨다면 사람 잘못 보신 거예요."

하지만 망각 탐정이라는 특수한 존재 앞에서 지극히 일반적인 반응을 보인 것은, 그곳에 모인 일동도 아니거니와 청중도, 관계자도, 증인도, 목격자도, 하물며 용의자도 아니었다. 이것은 '그녀'의 사건부에서 아주 흔하고 표준적인 도입부로 보이지만, 단골 고객인 나, 카쿠시다테 야쿠스케로서도 처음 경험하는 반응이었다.

왜냐하면.

"나 참, 사람이 잠든 새에 팔에 이런 영문 모를 낙서까지 하다니, 정말 황당하네요. 황당하고 어처구니가 없어요. '나는 오키테가미 쿄코. 탐정'? 확실히 제 필적인 것 같기는 하지만, 이렇게 술에 취해 적은 듯한 황당한 내용을 믿을 리가 없잖아요."

그렇다… 발언한 사람이, 놀랍게도 **망각 탐정 본인**이었기 때문이다.

망각 탐정 오키테가미 쿄코 본인의 발언이다. 하얀 머리에 안

경, 패셔너블한 명탐정. 하지만 지금 그녀가 착용하고 있는 것은 실용성을 중시한 환자복인 데다 안경은 쓰고 있지 않고, 머리가 하얀 것은 백발 때문이 아니라 붕대를 둘둘 두르고 있기 때문이다.

또한 현재의 위치는 병원의 침대 위였다.

"아… 아니, 정신 좀 차리세요, 쿄코 씨. 당신이 아니면 누가 명탐정이겠습니까. 아니, 정말 기억 안 나세요? 예를 들어 사라시나 연구소에서 있었던 데이터 도난 사건… 그 무시무시한 불가능 범죄 같은 건…."

"네에? '불가능 범죄'? 뭔가요, 그건."

망각 탐정을 상대로 기억이 안 나냐고 묻는 것도 번지수가 틀린 듯했지만, 그녀는 보란 듯이 의아하다는 표정을 지었다. 평소의 붙임성 있는, 굳이 말하자면 사무적인 대응은 눈을 씻고 봐도 찾을 수 없다. 그 방긋방긋 미소는 어디로 가 버린 걸까.

아니, 이 미묘하게 어긋나는 느낌 또한 어떻게 보면 평소와 같은 망각 탐정과의 흐뭇한 대화 같지만 몹시도 결정적인 부분이 달랐다. 그녀가 잊은 것은 도난 사건 그 자체가 아니기 때문이다.

쿄코 씨는 '불가능 범죄'라는 것을 잊은 것이다.

그 의미를.

"부, 불가능 범죄는 불가능 범죄죠. 제가 처음 쿄코 씨에게 사건을 해결해 달라고 의뢰했던 '다체문제多體問題 사건'이 그 대표적인 예인데…."

"'사건'을 '해결'?"

봐라.

'해결'이라는 말조차 모른다. …어쩌면 '사건'이란 말도 모를지 모른다. 이런 반응은 명탐정에게 있을 수 없는 일이다. 마치 모르는 외국어라도 들은 듯 얼빠진 반응이다.

"대, 대도★盜 확삭 백작이나 폭탄마인 학예사9010과 했던 대결을, 머리는 잊었을지 몰라도 몸은 기억하고 있을 거라고요!"

"'대도'? '폭탄마'?"

물론 하루마다 기억이 리셋되는 망각 탐정이 그 악당들을 기억하지 못하는 것은 단골인 나를 기억하지 못하는 것만큼이나 당연한 일이지만…. 그뿐 아니라 쿄코 씨는 '대도'라는 말도, '폭탄마'라는 말도 이해하지 못했다.

그렇다. 이건 평소와 같은 기억상실이 아니다.

일화 기억이 아니라… 의미 기억*을 잃은 거다.

그것도 **미스터리 용어**에 관한 의미 기억을.

…하지만 그럴 리가 없다. 그런 일은 있어선 안 된다. 쿄코 씨의 유일한 정체성이라고 해도 과언이 아닌 '탐정'이라는 것이 이렇게 간단히, 시원스럽다고 할 정도로 쉽게 사라지다니….

※일화 기억, 의미 기억 : 심리학 용어로 일화 기억은 경험을 동반한 기억. 의미 기억은 경험이 배제된 지식으로서의 기억을 일컫는다.

"떠, 떠올려 보세요. '오선보' 사건의 그 밀실이나 '전언판' 사건의 독살을….."

"'밀실'? '독살'? 무슨 소리인지 도통 모르겠네요."

무슨 소리인지 도통 모르겠다고 하니, 어쩐지 나까지 여러 사건들 자체가 없었던 일인 것처럼 느껴지기 시작했다. 혹시 '오선보'도 '전언판'도 모두 망상 속의 일은 아니었을까, 나아가….

"하, 하지만, 망각 탐정의 팔면육비八面六臂와도 같은 활약이, 무려 미스터리 드라마로 만들어진 적도 있는데요?"

"그런 꿈이라도 꾸셨나요?"

확실히 방금 한 말은 꿈만 같은 이야기처럼 들렸을지도…. 하지만 저런 담담한 반응을 보고 있자니 '미스터리'라는 단어 자체를… 아닌 게 아니라 '추리소설'이라는 문화 자체를 부정당한 듯한 기분이 들었다.

엔터테인먼트에 대한 부정이다.

"나 참, 이상한 소릴 하시는 분이네요. 애초에 탐정의 업무는 도망친 반려동물을 찾아다니거나 외도 여부를 조사하는 거잖아요?"

그 쿄코 씨가 이렇게까지 평범한, 추리소설에 대한 한 조각의 애정조차 느껴지지 않는 말을 입에 담다니… 대체 어쩌다 이렇게 되고 만 걸까?

그것은 잊으려야 잊을 수 없는, 어제의 일 때문이다….

2

"타… 탐정을 부르게 해 주세요!"

내 쪽의 도입부는 평소처럼 평범했다. 그야말로 카쿠시다테 야쿠스케다운, 어떻게 보면 익숙하다고까지 할 수 있는, 흔해 빠진 누명이다. …뭐, 아주 약간 특이한 점이 없지는 않았지만.

특필할 사항이 없지는 않았지만.

평소 용의자 취급을 당하는 일에는 익숙했지만, 당연히 기분 좋은 일은 아니었다. 경범죄가 되었건 중범죄가 되었건 명예로운 누명이란 건 없으니까. 다만 만약 예외가 있다면 이번 일이 그에 해당될지도 모르겠다.

좌우간 저격수로 몰렸기 때문이다.

그야말로 뜬금없이 내가 **저격범 용의자**로 지목된 것이다. … 젠장, 현실의 한심한 나보다 훨씬 멋지잖아.

대략적인 사정은 이러하다.

이번에는 망각 탐정이 저 모양이라 내가 솔선해서 개인정보 유출에 최대한 주의해야만 하니, 피해자는 임시로 모 대기업의 간부인 것으로 해 두자. 그, 혹은 그녀는 어느 종합병원의 한 병실에 입원 중이었다. 큰 병을 앓고 있어 수술을 받기 위해서였는데 다행히도 수술 자체는 성공했다. 다만 그것을 다행으로 여기지 않는 누군가가 있었던 모양이다.

그 누군가가 수술 후 경과도 좋아 퇴원할 날만 기다리고 있던 간부를, 까마득히 먼 곳에서 창문을 통해 저격한 것이다. 병실 (물론 1인실이다. VIP실) 창문에 뚫린 탄흔彈痕은 셋.

간부의 몸에 난 구멍도 세 개였다.

쾌유를 향해 가고 있던 간부의 상태가 못마땅했던 누군가가 고용한 것으로 추정되는 자객이 상당한 솜씨의 저격수라는 점은 인정하지 않을 수 없다. 정말이지 비현실적인 이야기로 들리겠지만, 아마도 '살인 청부업자' 같은 게 아닐까 싶다…. 어째 '명탐정'이 어쩌고저쩌고 하는 것보다 훨씬 더 뜬구름 잡는 소리 같지만.

아무튼 회복 중이던 몸이 구멍투성이가 되었음에도 목숨을 부지한 높으신 분도 대단하기는 하지만, 지금은 의식불명 상태로 중환자실에 옮겨져 마음을 놓을 수 없는 상황이다…. 원래도 마음을 놓지 않고 지켜보고 있던 주치의도 이런 식으로 재수술을 하게 될 줄은 꿈에도 몰랐으리라.

스나이퍼. 저격수.

아니, 그러니까 뭐라고 할까, 일종의 로망이 느껴지는 존재이긴 하다…. 이런 느긋한 소리나 하고 있으니 자꾸 누명을 쓰는 것 같아 반성해야겠다는 생각을 거둘 길이 없기는 하지만… 해당 종합병원과도, 간부가 속한 대기업과도 완전 무관한, 고생

끝에 찾아낸 새로운 직장인 멀리 떨어진 건설 현장 고층에서 정신없이 작업 중이던 나는 갑자기 닥쳐든 경찰에 붙잡히고 말았다.

듣자하니 내가 작업을 맡았던 방이 간부가 입원한 병실을 사선射線에 둘 수 있는 절대적인, 유일무이한 저격 포인트였다나 뭐라나⋯ 운 나쁘게도 모든 현장에 일손이 부족해서(그렇지 않았다면 나처럼 경력이 수상한 인물을 선뜻 고용해 주지도 않았으리라) 혼자 작업을 했었다.

좌우간 저격범이 있을 것으로 예상했기 때문인지 달려온 경찰들이 영화에서나 볼 법한 특수부대였다는 사실도 덧붙여 말해 두겠다. 그런고로 지겹도록, 입이 닳도록 해 온 말이지만 늘 그랬듯이.

"타⋯ 탐정을 부르게 해 주세요!"

⋯라고 외친 것이다.

3

그 후에도 얼마 동안은 늘 그랬듯 평화로운 시간이 이어졌다. 물론 살인미수 사건 한복판에 있는 데다 피해자는 지금도 사경을 헤매고 있으며 나도 가장 유력한 용의자로 구류된 상태라, 사태는 전혀 평화롭게 진행되고 있지 않았지만 그럼에도 이것이나, 누명왕의 일상이라는 것은 분명한 사실이다.

당연하게도 내가 부른 탐정은 쿄코 씨였다. 적이 장서리 저격수인데 가장 빠른 탐정을 부르지 않으면 누굴 부르겠는가? 그녀의 추리는 총알보다 빠르다. 도망치는 진범보다도.

그렇게 생각했었다.

진범은 달아났을 거라고 생각한 나의 통한의 실수라 해도 과언이 아니다. 하지만 사건의 한복판에 있던 내가 그걸 알아챌수 있을 리 없었다.

"처음 뵙겠습니다. 탐정인 오키테가미 쿄코입니다."

그런 익숙한 인사를 하자마자, 혹은 인사는 하는 둥 마는 둥마치고 백발의 명탐정은 곧장 현장검증을 위해 VIP 병실로 향했다. 나도 거기에 동행했다. 포승줄에 묶여서.

왜 수갑이 아닌 것인가 하면 붙잡힌 몸이기는 하지만, 그리고 저격 포인트에 있던 거구의 남자가 가장 유력한 용의자이기는 하지만 흉기인 저격소총도 소지하고 있지 않았던 데다 다른 증거도 전혀 없어서 (당연하지!) 완전히 체포된 것은 아니기 때문이다. 어디까지나 임의동행 상태의 중요참고인으로서 취조를 받았다.

중요참고인을 포승줄로 묶는 것도 이상한 일이지만 굳이 따지지는 않기로 했다.

피해자인 간부와는 달리 내가 중요한 사람 취급을 받는 것은 이런 때 정도뿐이니.

"흐음흠. 피해자는 이 병실에서 저격을 당한 거군요. …과연, 이게 창문에 난 탄흔인가요."

쿄코 씨는 포승줄에 묶인 의뢰인은 아랑곳하지 않고 가급적 신속하게, 척척 현장검증을 진행했다. 창문에 난 세 개의 탄흔을 보고도 전혀 겁을 먹지 않다니, 간도 크다. 탄흔은 둘째 치고 침대며 바닥 위에 흩뿌려진 혈흔만 봐도 나는 엄청 무서운데….

병실에 들어갈 엄두도 안 난다…. 용기가 있다 해도 증거를 은폐할 우려가 있다며 나는 문 안으로 들여보내 주지도 않았겠지만.

범행 현장의 문턱도 넘지 못하다니.

쿄코 씨는 겁을 먹기는커녕 문에 난 외시경이나 쌍안경을 들여다보듯 그 탄흔에 눈을 대고 병동 밖을 살펴보았다. 병동 밖이라고 해야 할지, 내 노동 현장이라고 해야 할지… 아니, 체포와 동시에 잘렸으니 (서류상으로는 어제 그만둔 것으로 되었다. 조직 방어 속도가 엄청나다) '이전' 노동 현장인 건축 도중의 건물이라고 해야겠다. 해체 중이었던가? 뭐, 둘 중 하나겠지.

"확실히 건물이 우후죽순처럼 솟아난 대나무 숲 같은 대도시에서 저격을 위한 사선을 확보할 수 있는 곳은 한정적이겠죠. …저건 저것대로 마천루네요. 그나저나 저 위치에서 세 발을 모두 명중시키다니 대단한 저격수이신걸요, 카쿠시다테 씨?"

"에이, 그 정도까지는….."

아니아니, 제가 아니라고요.

의뢰인을 떠보는 식으로 자백을 이끌어 내려고 했어, 이 탐정?! '처음 본 사이'이니 의심을 품을 수밖에 없기야 하겠지만 단골한테 이런 짓을 하다니. 의뢰인=범인이라는 패턴을 가장 먼저 의심한 거다.

"하, 하지만 그렇게 실력이 좋다고는 할 수 없지 않나요? 그도 그럴 것이, 명중시키기는 했지만 피해자는 아직 살아 계시니까요."

세 발을 맞히고도 죽이지 못했다는 것은 오히려 솜씨가 나쁘다는 뜻 아닌가? 내가 그런 궁색한 변명(?)을 늘어놓자 쿄코 씨는 "어라라. 마치 살아 계시면 본인이 난처해진다는 식으로 말씀하시네요."라면서 계속 추궁해 왔다. 놀리는 듯한 말투였지만 눈빛이 진지했다.

의심이 너무 깊다. 무자비하다.

"참고로 그 피해자인 간부분은 어떤 병 때문에 입원하고 계셨나요?"

"폐암입니다. 환자분은 흔히 말하는 골초였거든요."

동석하고 있던 간호사가 피해자의 사생활을 거침없이 공개한 것은 쿄코 씨가 망각 탐정이기 때문이다. 하루가 지나면 사건과 관련된 정보가 모두 리셋된다. 참고로 나는 취조실에서 취조를 받을 때 피해자의 병력에 관해 알게 되었다.

"수술이 필요할 정도로 병세가 진행된 상태였다는 거군요. 근데 흡연자였던 것치고는 병실에서 담배 냄새가 거의 안 나는데요?"

"금연구역이니 당연하죠. 요즘은 대부분 그렇습니다."

하루마다 기억이 리셋되는 부작용으로 쿄코 씨의 지식은 어느 시점부터 업데이트되지 않는다. 뭐, 종합병원에 입원 중일 정도니 금연구역이 아니더라도 흡연이 허용될 리가 없지만.

하지만 그게 뭐 어쨌다는 거지? 설마 저격수가 담뱃불을 표식 삼아 저격을 했다는, 그런 세련된 소리를 하려는 것일까.

"네, 맞아요."

"네?"

재치 넘치는 농담 같은 건가 싶었지만, 쿄코 씨는 탄흔에서 시선을 떼더니 그 자리에서 빙글 가볍게 몸을 돌려 나를 바라보았다.

"아닌 게 아니라 저격수는 흡연 중인 피해자를 노린 거겠죠…. 어쩌면 강경한 금연 추진파였을지도 모르겠네요."

"서, 설마 쿄코 씨… 벌써 범인을 알아내신 겁니까?"

"네. 저는 이 사건의 진상을, 처음부터 알고 있었어요."

아니, 그럴 수가. 아무리 그래도 너무 빠르지 않은가. 이래서는 가장 빠른 탐정이 아니라 순간이동 탐정이라고 불러야 할 판이다. …라는 나의 나이스한 반응까지가, 굳이 말하자면 평소와 같은 교과서적인 흐름이었다.

틀에 박힌, 매뉴얼에 충실한 화자話者의 반응이다.

하지만 전형적인 전개는 여기까지였다.

갑자기, 아무런 조짐도 없이, 다시 말해서 '총성도 없이'… 쿄코 씨의 등 뒤에서 창문이 산산조각으로 깨지는가 싶더니, 그와 거의 동시에 그녀의 작은 머리가 격렬하게 흔들리고 몸이 앞으로 휘청거렸다. 그리고 그대로 병실 바닥에 쓰러졌다.

총성은 그 후에야 들려왔다.

"쿄… 쿄코 씨!"

진상에 다다른 망각 탐정의 입을 막기 위해 까마득히 먼 곳에서 저격한 것이라는 사실도 이해하지 못한 채 나는 외쳤다. 탐정의 이름을 불렀다.

하얀 머리가 선혈로 물들었다.

4

엄밀히 말하자면, 진상을 간파한 쿄코 씨의 입을 막기 위해 범인이 입에 담기도 꺼려지는 흉행兇行을 저지르는 전개가 지금까지 아예 없었던 것은 아니다. 오히려 빈번히 일어나는 일이었다. 누구나 생각하는 것은 같기 때문이다.

그도 그럴 것이, 상대는 잠들면 기억을 잃는 명탐정이다.

설령 진상을 간파했다 해도, 빈틈없는 추리를 구축했다 해도, 일단 한번 잠재우면 범인에 관한 진상은 망각의 저편으로 흘러가 버린다. 잠기운을 쫓기 위한 커피에 수면제를 섞거나, 클로로포름을 흡입시킨다거나, 최면술을 사용하거나, 그도 아니면 따분한 영화를 보게 한다거나, 지금까지도 여러 범인들이 갖은 수를 동원해 명탐정을 잠재우려 해 왔다.

그러니 희한해 할 일은 아닐지 모른다. 망각 탐정의 두뇌에 소총탄을 박아 넣는 흉행을 저지르는 자가 나타난 것은.

소총탄.

그런 물건이 말 그대로 머리에 직격하면 아무리 튼튼하기로 유명한 쿄코 씨라 해도 무사할 수 없다. 하다못해 마취탄이기를 바랄 따름이다.

장소가 병원이었다는 점이, 그리고 현장검증에 간호사가 동석하고 있었다는 점이 그나마 다행이었다, 라고 해도 될지 어떨지 모르겠지만… 간호사에 의해 그녀는 바로 들것에 실려 곧장 응급실로 옮겨졌다.

"괜찮습니다! 탄환은 관통했습니다!"

당직 의사는 그렇게 말했지만 과연 관통한 게 좋은 걸까…. 특히 맞은 게 머리일 경우에는. 그리고 보니 중환자실에 있는 간부가 맞은 탄환은 세 발 모두 몸 안에서 적출되었다고 했는데…

둘 다 즉사했어도 이상할 게 없었다.

명탐정이 저격당했다.

일이 이렇게 되자 저격수라는 누명을 쓴 게 멋지다거나 스타일리시하다거나, 하물며 로망이 느껴지는 존재라는 소리 따위를 할 때가 아니라는 생각이 들고, 창문에 난 탄흔에 겁을 먹고 병실에 들어가지 못한 것이 몹시도 후회되었다. 만약 내가 실내에 있었다면… 아니, 상대가 음속을 넘는 속도로 날아오는 탄환이었으니 아무리 내 몸집이 커도 쿄코 씨의 방패가 되어 줄 수는 없었을 것이다.

하물며 포승줄에 묶여 있기까지 했으니….

가장 빠른 탐정에게 탄환보다 빠르기를 바라다니, 나 같은 머저리도 또 없을 거다. 위기감이 마비되어 있었다. 이렇게 위험한 현장에 쿄코 씨를 부르는 게 아니었다. 왜 총잡이 탐정을 부르지 않은 거지?

뭐, 본인은 수술실로 직행했지만 쿄코 씨는 결국 지명을 받은 명탐정으로서의 역할을 완수해 냈다. 밝혀낸 진상을 공개하기 전에 처참하게도 입막음을 위한 총알을 맞기는 했지만, 그 피해 자체가 나의 누명을 벗겨 준 것이다. …그 증거로 나를 묶고 있던 포승줄은 풀렸다.

왜냐하면 굳이 말하자면 이 '두 번째 범행' 당시, 나에게는 그 어떤 탄환도 관통하지 못할 철벽같은 알리바이가 있었기 때문이다. 포승줄을 쥔 경찰과 그 자리에 있던 간호사가 이구동성으로 증언해 주었다.

쿄코 씨가 총에 맞았을 때, 나는 까마득히 멀리 떨어진 건물의 유일무이한 저격 포인트에는 없었다고… 그나저나 용의자로서는 참으로 얄궂은 일이다. 범행 현장에 있었던 것이 현장부재증명이 되다니….

하지만 나는 쿄코 씨가 응급실에서 나올 때까지 서른 시간 동안 한숨도 자지 못하고 대합실에서 계속 기다렸다. …포승줄에 묶였을 때보다 더 몸을 꼼짝할 수가 없었다. 다른 사람들의 눈에는 마치 아내의 출산이 끝나기를 애타게 기다리는 남편처럼 보였을지도 모르겠지만, 사실 그런 경사스러운 일이 아니었다.

이러다 쿄코 씨에게 만일의 일이라도 벌어지면 배를 가르면서 목을 매고 독약을 먹으면서 입수하는 수밖에 없다는 등의, 아무런 속죄도 되지 않을 결의만 다지고 있었다. …그리고 서른 시간 후.

백발에 붕대를 두른 모습으로 응급실에서 나온 명탐정은, 명탐정이 아니게 되었다.

기억상실. 의미 기억의 상실.

'밀실'이라는 단어의 의미도 '독살'이라는 단어의 의미도 '용의자'라는 단어의 의미도 '추리'라는 단어의 의미도 '알리바이'라는 단어의 의미도 '동기'라는 단어의 의미도 '1인 2역'이라는 단어의 의미도 '유괴'라는 단어의 의미도 'DNA 감정'이라는 단어의 의미도 '화자'라는 단어의 의미도 '목 없는 시체'라는 단어의 의미도 '일상 미스터리'라는 단어의 의미도 '저택'이라는 단어의 의미도 '폭풍 속의 산장'이라는 단어의 의미도 '교환 살인'이라는 단어의 의미도 '쌍둥이 트릭'이라는 단어의 의미도 '바꿔치기 트릭'이라는 단어의 의미도 '연쇄살인'이라는 단어의 의미도 '시간표'라는 단어의 의미도 '공범자'라는 단어의 의미도 '가계도'라는 단어의 의미도 '폭탄마'라는 단어의 의미도 '혈흔 반응'이라는 단어의 의미도 '자백'이라는 단어의 의미도 '위증'이라는 단어의 의미도 '상황 증거'라는 단어의 의미도 '예고장'이라는 단어의 의미도 '서술 트릭'이라는 단어의 의미도 '다잉 메시지'라는 단어의 의미도 '토막살인'이라는 단어의 의미도 '견해'라는 단어의 의미도 '언어유희'라는 단어의 의미도 '비밀의 폭로'라는 단어의 의미도 '소거법'이라는 단어의 의미도 '귀납법'이라는 단어의 의미도 '하우더닛'이라는 단어의 의미도 '본격 미스터리'라는 단어의 의미도 '수기手記'라는 단어의 의미도 '삼단논법'이라는 단어의 의미도 '비밀통로'라는 단어의 의미도 '언페어'라는 단어의 의미도 '미싱 링크'라는 단어의 의미도 '사회파 추리물'이라는 단어의 의미도 '성별오인'이라는 단어의 의미도 '후기 퀸 문제'라는 단어의 의미도 '혈액형'이라는 단어의 의미도 '도서물倒敍物'이라는 단어의 의미도 '도구라마구라'라는 단어의 의미도 '반전'

이라는 단어의 의미도 '프로버빌리티 범죄'라는 단어의 의미도 '동요'라는 단어의 의미도 '점술'이라는 단어의 의미도 '유서'라는 단어의 의미도 '조수'라는 단어의 의미도 '복선'이라는 단어의 의미도 '이과 미스터리'라는 단어의 의미도 '의료 미스터리'라는 단어의 의미도 '경찰 소설'이라는 단어의 의미도 '피카레스크 소설'이라는 단어의 의미도 '암호'라는 단어의 의미도 '수사일지'라는 단어의 의미도 '변장술'이라는 단어의 의미도 '2단 구성 편집'이라는 단어의 의미도… '비밀 유지 의무'라는 단어의 의미도 '기억상실'이라는 단어의 의미도.

'탐정'이라는 단어의 의미까지도, 잊어버린 것이다.

5

"코… 코난 도일은 아시죠?"

"당연히 알죠. 그 SF 작가 말씀이시죠?"

"에드거 앨런 포는?"

"공포소설 작가요."

도무지 말이 안 통한다.

이 2대 거장이 통하지 않으면 정말 답이 없다. 나는 지금 대체 누구와 이야기하고 있는 거지? 미스터리 용어는커녕 미스터리 그 자체의 의미를 잊었다…. 물론 기억을 리셋하는 건 쿄코 씨에게 일상다반사… 정도가 아니라 누워서 떡 먹기만큼이나 쉬운 일이다.

하지만, 그럼에도 자신이 탐정이라는 사실만은, 명탐정이라는 사실만은 잊지 않았다. 정확히 말하자면 그것만은 몇 번을 잊어도 기억해 냈었다.

왼팔에 있는, 직접 쓴 비망록을 보고서.

하지만 그 비망록조차도, '탐정'이라는 단어의 의미를 잊은 상태로는 아무 의미가 없다…. 방을 청소하다가 튀어나온 옛날 메모장을 봐도 무슨 소리인지 도무지 알 수 없을 때와 비슷한 상황인 거다.

탐정과 관련된 지식만 잊다니….

그런 구체적인 기억상실이 가능한 건가? 아니, 기억상실에는 그야말로 여러 가지의, 기기괴괴한 패턴이 있다는 사실은 잘 알고 있지만….

"다름 아닌 머리를 맞았으니 무슨 일이든 일어날 수 있습니다. 굳이 말씀드리자면 저렇게 의식을 유지한 채 평범하게 말을 하고 있다는 것 자체가 의학적으로는 미스터리라 할 수 있을 정도죠."

서른 시간 동안 휴식도 수면도 취하지 못하고 수술을 한 집도의는 그렇게 말했다. 그에게는 감사한 마음뿐이지만, 냉정한 말투로 그렇게 말하는 걸 듣고 있자니 화가 치밀었다.

나도 사람이 덜 됐다.

하지만 확실히 그 간부가 아직 중환자실에서 나오지도 못했다는 사실을 고려하면 쿄코 씨가 벌써 일반 병동에 있다는 것은 거의 기적이나 다름없었다.

"애초에 **두 번째**니까요."

"네?"

"저 환자가 머리에 총을 맞은 게 말입니다. 이번에 난 탄흔 말고 예전에 수술을 했던 흔적이 있더군요…. 머리에 총을 두 번이나 맞고 살아 있다니, 베테랑 신경외과인 제가 봐도 특이한 경우입니다."

냉정한 투로 말하고 있는 것은 명탐정… 아니, 명의 특유의 냉철함 때문이 아니라 쿄코 씨의 강인함을 보고 일반인으로서 식겁한 탓인지도 모르겠다. 쿄코 씨가 목숨을 건져 안도감에 젖어 있던 나까지 얼굴이 파랗게 질려 버렸다.

두 번째라니… 아니, 일설에 따르면 쿄코 씨는 탐정을 자칭하기 전, 해외에서 활동한 시기가 있었다고 한다. 그런 이야기를 콘도 씨에게 들은 적이 있다.

그렇다면 그 지역이 어디냐에 따라서 몸에 총탄을 맞은 경험이 한 번 더 있었다 해도 그리 이상해 할 일은 아니겠지만… 그렇다 쳐도 머리에 두 발이나 맞다니. 쿄코 씨가 저격을 당한 것 자체가 신본격 미스터리의 상징이라 할 수 있는 잡지 메피스토가 휴간된 것 정도로 충격적인 일이라 생각했건만. 하지만 잘 생각해 보니 메피스토는 이전에도 휴간했다가 시간이 지나 리뉴얼한 적이 있었다.

"이번에는 소총탄이지만 지난번에는 흔히 말하는 권총에 쓰이는 9mm탄이었던 것 같군요."

다시 말해서 첫 번째 때는 지근거리에서 총을 맞았다는 뜻이다.

그런 대화… 라기보다 진단 내용을 되짚어 보던 중에 어떤 생각이 내 머리를 스쳤다. …나는, 그리고 우리는 무심결에 망각 탐정의 건망증은 심인성 증상일 것이라고 단정 짓고 있었지만, 사실은 그게 아니었던 것은 아닐까?

교통사고로 기억을 잃는다는 것은 만화에서 흔한, 동시에 편의주의적이라고 비판받는 전개이긴 하지만 그와 마찬가지로 쿄코 씨의 건망증도 과거 맞았던 총탄에 의해 생긴 것이고… 그게 이번에 생각지 못한 모양새로 원상복구된 것은 아닐까.

엉뚱하다 못해 아주 기기묘묘한 이야기이기는 하지만, 이렇게 살아 있는 것 자체가 이미 기적이다.

무슨 일이 일어난다 해도 이상할 게 없다.

혹은… 무언가가 잠든다 해도.

"……."

아니.

의외로 이건 이것대로 잘된 일인지도 모르겠다고 나는 생각했다. 탐정이라는 사실을 떠올리게 하려고 쿄코 씨의 병상에 들러붙어, 몸도 성치 않은 쿄코 씨에게 뜬금없이 이런저런 미스터리 용어를 던져 보았지만, 이런 식으로 사전에 있는 단어를 닥치는 대로 던져 부담을 주는 것 말고도 내게는 해야 할 일이 있지 않나?

그녀의 친척에게 연락을… 취하기는 어렵다.

내가 아는 바로 쿄코 씨는 연고자가 없기 때문이다.

부모님에 관한 이야기도, 형제에 관한 이야기도, 물론 반려에 관한 이야기도 들어 본 적이 없다.

망각 탐정의 성질상 친족은 물론이고 친하게 지내는 사람 자체가 거의 없을 수밖에 없고…. 단골 의뢰인은 나 말고도 많을 테지만 (그중에는 경찰 관계자도 있을 거다) 이런 때 누구에게도 알려지고 싶지 않은 사정이 있기에 그들, 그녀들은 망각 탐정에게 의뢰하는 것이다.

요컨대 그런 것이다.

그녀가 매일같이 기억을 잃으면서도 계속 탐정으로 존재한다는 것은 세간과의, 사회와의, 인간과의 관계성을 계속 잃는다는 뜻이기도 하다. 격리다. 총을 맞고 죽을 뻔한 사람의 곁에 나 같은 누명왕밖에 없다는 것이 과연 바람직한 일일까?

쿄코今日子 씨에게는, 오늘今日밖에 없다.

아무것도 없다.

그렇다면 잘된 일이 아닌가. 오늘이 바로 분기점이다.

탐정이라는 사실을 잊고, 탐정이라는 단어의 의미도 잊었다면… 더 이상 쿄코 씨가 탐정일 필요도 없다. 언젠가 그녀는 탐정으로 지내는 게 마음에 딱 와닿는다고 했지만, 덧없게만 느껴졌던 그 뉘앙스조차 사라졌다면 더 이상 스릴 넘치는 수수께끼 풀이에 집착할 필요는 없다.

위험한 모험은 졸업이다.

이전에도 나는 쿄코 씨가 '명탐정' 일을 계속하는 게 좋은 일인지에 관해 생각한 적이 있었다. …몇 번이나 있었다. 하지만 이번 것은 차원이 다르다. 좌우간 총탄을 맞았기 때문이다. 그것도 진상에 다가섰다는 이유로.

내가 그녀의 친족이라면, 혹은 친구라면… 만약 연인이라면 과장이 아니라 꽁꽁 묶어서라도 은퇴시켜야 할 국면이다.

어떤 직업이든 은퇴해야지, 총에 맞았는데.

그것도 두 번이나(첫 번째는 지근거리에서, 두 번째는 원거리에서)… 대체 어떤 인생을 살아야 두 번이나 총을 맞을 수 있는 걸까?

두 번 일어난 일은 세 번도 일어날 수 있다지만, 이런 일은 절대로 다시 있어선 안 된다.

그렇다면 내가 해야 할 일은 이렇게 필사적으로 그녀를 탐정으로 복귀시키기 위해 갖은 애를 쓰는 것이 아니다. 그래, 옷을 사러 가자. 언제까지 우리의 패션 리더가 실용성을 중시한 환자복을 입게 할 셈이지? 신진기예의 디자이너를 찾아내서 올해 신작을 사다 바치자.

"나 참, 이상한 분이시네요, 카쿠시다테 씨는."

쿄코 씨는 어이가 없다는 표정을 지어 보였다.

"애초에 당신은 저격범이니 당장 경찰에 출두해야 하잖아요. 이런 데서 저한테 매달려 있을 때인가요?"

"······네?"

쿄코 씨한테 매달려 있을 상황이 아닌 상황은 나한테 없는데··· 근데 뭐라고? 쇼핑을 위해 피렌체로 가는 항공편을 예약하자는 생각까지 한 참이었지만, 그 출국 계획을 즉시 중지할 수밖에 없는 발언이었다. ···'카쿠시다테 씨'?

확실히 나는 카쿠시다테 야쿠스케가 맞기는 하지만··· **어째서 쿄코 씨가 그 사실을 알고 있는 거지? 그 사실을 잊지 않은 거지?** 정신을 잃은 쿄코 씨가 대수술을 받고 눈을 뜬 뒤 자기소개를 한 적이 있던가? 그럴 여유가 있었던가?

아니, 설령 승인욕구를 채우기 위해 자기소개를 했다 쳐도··· 저격범?

내가 저격범이라고?

"그게 그러니까 아까, 카쿠시다테 씨는 경찰이 쥔 포승줄에 묶여 있었잖아요. 경찰 아저씨가 붙잡고 있었으니, 당신이 아니면 누가 저격범이겠어요."

마치 이 세상에 누명이란 것은 존재하지 않는다는 듯한, 지극히 순박한 소리를 하고 있는데… 아니, 그건 둘째 치고… 어째서 그것들까지 기억하는 거지? 비밀 유지 의무를 절대 엄수하는 탐정인데?

허어? '그게 그러니까 아까'라고? 내가 포승줄에 묶여 있었다는 사실은 쿄코 씨에게 망각된 '어제'의 일일 텐데… 자기소개를 했는지 어땠는지는 확실치 않지만 사건의 개요에 관해서는 입도 벙긋 안 했다. 하물며 포승줄에 묶여 있었다는 창피한 이야기를 자진해서 할 사람이 어디에 있겠는가.

이미 나의 누명은 벗겨진 것이나 다름없었는데… 쿄코 씨가 '체포된 시점에서 이미 범인이다' 따위의 일반인 같은 소리를 한 것이 속상하기 그지없다는 점은 둘째 치고, 그걸 기억하고 있다면….

머리를 관통당한 사람이 의식을 잃지 않았을 리가 없고… 뇌수술을 받는 내내 마취를 하지 않았을 리도 없는데? 그렇다면 당연히 리셋되었어야 한다. 내 이름에 관한 기억도, 포승줄에 묶인 나에 관한 기억도.

잠깐잠깐. 침착하자. 냉정하게 생각하자고. 나는 쿨한 남자니까.

정리를 해 보자. 정리를.

일화 기억의 상실과 의미 기억의 상실.

방금 전까지 나는 이 둘을 뒤죽박죽 섞어서 생각하고 있었지만…. 정신을 차린 쿄코 씨가 왼팔에 적힌 비망록을 보고도 도통 이해하지 못하는 모습을 보고 혼란에 빠져 있었지만, 곰곰이 생각해 보니 쿄코 씨는 자신이 병원에 있다는 사실 자체를 의아해 하는 것처럼은 보이지 않았다.

머리에 총을 맞았으니 병원에 있는 게 당연하다는 판단을 내렸다고 볼 수도 있겠지만, 다르게 해석할 여지도 있다. …**의뢰를 받고 이곳에 왔다는 사실을 기억하고 있기 때문**, 이라고.

사라시나 연구소에서의 사건이나 괴도 '확삭 백작', 폭탄마 '학예사9010', 혹은 '오선보' 사건, '전언판' 사건 등을 기억하지 못했지만, 잘 생각해 보니 그러한 사건들을 잊은 것은 굳이 말하자면 그날 그날의 쿄코 씨들이다. 쿄코 씨는 나날이 새로워지니 어떻게 보면 모르는 게 당연하다. 총을 맞아 잊은 게 아니라 맞기 전에 물었어도 잊었을 거다.

바꿔 말하자면 이번 저격에 의한 기절로 쿄코 씨가 상실한 기억은 어디까지나 저격된 당일의 기억뿐…일 텐데, 그에 관해서는 기억하고 있다면 이야기가 완전히 달라진다.

심인성이 아니라 물리적 요인에 의한 기억상실….

두 차례나 머리에 총탄을 맞았다. 두 번째인 소총탄이 첫 번째인 9mm탄의 효력을 덮어쓴 것이라면….

어쩌면, 이렇게 된 것인지도 모른다.

망각 탐정은 기억상실이라는 것을 잊었다.

"……."

모르겠다.

쿄코 씨는 잊은 기억을 잊지 않은 척은 물론이고 잠들지 않았는데 자는 척을 하고, 기억이 상실된 척도 할 수 있는 사람이다. 변장을 잘 하는 명탐정은 연기파 배우이기도 한 것이다. 단순히 내 말에서 힌트를 얻어 일어난 사건을 추측한 것인지도 모른다. …추리라는 단어의 의미는 잊었어도 일반적인 사람이 하는 일반적인 추리까지 못 하게 된 것은 아니다.

그렇다면… 시험해 보는 수밖에 없지 않은가.

기억력 테스트다.

그것도 평범한 암기 문제로는 안 된다. 쿄코 씨만이 대답할 수 있는… 더 구체적으로 말하자면 '어제'의 쿄코 씨만이 대답할 수 있는 난이도의 질문을 던져야만 한다.

요컨대, 진상에 관해서.

진범이 소총탄을 쏴서까지 입을 막으려 했던 사건의 진상… 그것을 쿄코 씨로 하여금 **미스터리 용어를 사용하지 않고** 답하게 만드는 거다.

마치 외래어 금지 규칙처럼 느껴지지만 나는 매우 진지하다.

동시에 그것은 내 누명을 완전히 벗는 것으로도 이어지는 일이다. 나는 분명 쿄코 씨를 노린 저격수가 아니지만, 첫 번째 피해자인 간부를 쏘았다는 용의까지 완전히 벗겨진 것은 아니다. 사실상 누명을 반만 벗은 것이다.

아니, 섹시하게 들릴 만한 소릴 할 때가 아니지.

"그럼….."

말을 꺼내려다가 나는 머뭇거렸다. 수수께끼 풀이를 하기 전에 '그럼'이라고 말하는 것은 엄연한 미스터리 용어라 할 수 있다. 포승줄을 풀었음에도 생각보다 엄격한 규칙에 자승자박된 나를 망각 탐정… 아니, 전前 망각 탐정은 더더욱 의아하다는 듯한 얼굴로 바라보고 있었다.

6

"쿄코 씨, 저를 저격범으로 단정 짓기는 다소 이르지 않나요. 왜, 어쩌면 다른 진범이 있을지도 모른다는 생각은 안 해 보셨습니까?"

"지… '진범'?"

어이쿠, '진범'부터 규칙 위반인가. 빡빡하기도 하네. 하지만 분명 '진범'이라는 단어를 들으면 표면적인 범인 뒤에 숨은 미스테리어스한 인물이 연상되기는 한다. 미스테리어스, 다시 말해

서 미스터리 용어다. 모종의 '반전'을 연상케 하는 표현은 기본
적으로 피하는 게 좋을 것 같다. 어디까지나 논리적 사고를 통
해 도출된 결론이라고 생각하게끔 해야 한다.

　…논리적 사고는 OK겠지?

　"아뇨아뇨, 평범하게 생각해 봤을 때, 저 말고도 피해자인 간
부를 저격할 수 있는 사람은 있지 않았을까 싶어서 말이에요."

　"평범하게 생각해 봤을 때… 그러네요, 듣고 보니 저도 그때
그 평범한 생각을 했던 것 같은데…?"

　쿄코 씨는 흐릿한 기억을 더듬듯이 눈살을 구겼는데, 그 반응
이 과연 리셋 때문인지 아니면 단순히 수술 후 마취가 덜 깨서
멍한 상태인 탓인지 구분이 되지 않았다.

　"하지만 저격 포인트인 공사 현장에 있던 건 카쿠시다테 씨
한 명뿐이었잖아요…?"

　"그렇지만 작업 중이던 저는 저격소총을 가지고 있지 않으
니 증거 불충… 아니, 그곳에서 피해자를 저격하는 건 불가능했
습니다. 저격소총은 그 후, 쿄코 씨를 저격하는 데도 사용되었
으니 굴착기 같은 걸로 흉기를 인멸한 것도 아니고…."

　"'흉기'? '인멸'?"

　이것 참 껄끄럽네에.

　으음… '흉기'는 저격소총이라고 하면 된다 치고, '인멸'은…
'없앤다'? '찾지 못하게 부순다'?

"글…쎄요. 그렇다면… 카쿠시다테 씨는… 범인이, 아닐지도…?"

백발이 아닌 붕대를 두른 머리를 손으로 짚은 채 쿄코 씨는 웅얼웅얼 중얼거렸다. …두통을 참는 것처럼 보이기도 했다. 아니뭐, 머리에 총을 맞은 직후니 두통이란 말로는 부족할 만큼 고통스럽겠지만.

"하지만… 그렇다 해도 당신은 어쩐지 수상해요…. 거동이 수상해서, 척 봐도 범인 같은데…."

본능적으로 누명왕의 자질을 꿰뚫어 본 것이라면 역시 타고난 명탐정이라며 감탄할 수밖에 없겠지만, 그럼에도 상처받을 만한 말이었다. 하지만 여기서 '척 봐도 범인 같지 않은 인물이야말로 진범이라고요'라는, 미스터리의 철칙에 관한 말을 늘어놓아서는 안 된다.

어디까지나 평범한 대화를 통해 쿄코 씨의 추리를 발굴해 내야만 한다.

"…범인은, 카쿠시다테 씨가 있던 건물 고층이 아니라 다른 장소에서 쏜 걸까요?"

"하지만 그 병실까지의 사선을 확보할 수 있는 저격 포인트는 그곳뿐이었거든요. 제가 범인이 아니라면, 범인은 대체 무슨 수로 피해자를…."

어째서 내가, 나 자신이 범인이라는 방향으로 논리를 구축해야만 하는 건지 의아할 따름이지만 어쩔 수 없다. 진상에 도달하기 위한 관문 같은 것이니.

"다른 장소에서 쐈는데 강풍이 불었다거나, 기압차 같은 걸로 어떻게든 됐던 게 아닐까요?"

도무지 명탐정답지 않은 얄팍한 가설을 세우기 시작했다…. 서른 시간 전의 쿄코 씨가 그렇게 엉성하게 추리를 했을 리는 없다. 역시 다 잊어버린 건가? 저격과 관련된 진상은 망각되어, 리셋되고 만 건가…? 아니, 우선은 나부터 기억을 더듬어 보자.

그날, 쿄코 씨는 뭐라고 했지? 쿄코 씨라면 명탐정답게 수수께끼 풀이를 하기 전에 진상의 일부를 넌지시 제시했을 거다.

복선을 깔아 뒀을 거다.

오늘만큼은 탐정의 상징이기도 한 그 대사를 내가 내뱉을 수밖에 없다. …방금, 뭐라고 말씀하셨죠?

"…다른 장소에서 저격을 했어도 뭔가 표식이 될 만한 게 있었다면, 그 병실을 노리기 쉬웠을 가능성도 있겠군요."

"'가능성'…?"

"수학적인 의미에서의 가능성 말입니다. 일기예보 같은 거죠. 혹은 아이들의 가능성, 같은 의미랄까요. 무한하다고요. 전 이상한 말은 한마디도 안 했습니다!"

쿄코 씨를 상대로는 그다지 하고 싶지 않은 행위였지만, 지금은 목소리를 높여 당당하게, 억지로 밀어붙이는 수밖에 없다. '가능성'까지 금칙어로 추가되면 아무 말도 할 수 없게 될 테니까.

"…요컨대, 고성능 레이저 포인터 같은 걸 카쿠시다테 씨가 사용한 건가요?"

내 용의는 아직도 벗겨지지 않은 모양이다.

게다가 레이저 포인터가 아니다.

"으음~ 맞아…. 피해자는, 그걸 빨고 있었잖습니까."

"피 말인가요?"

"그게, 아니고… 담뱃대가 아니고, 엽궐련도 아니고…."

"지궐련을 말씀하시는 거예요? 그러고 보니, 흡연자였죠."

쿄코 씨는 기억이 난 듯이 말했다. **…기억이 되살아난 듯이.**

기억이 리셋되는 망각 탐정에게는 있을 수 없는 일이다.

"담뱃불을 표식 삼아서… 카쿠시다테 씨의 말을 듣고, 저는 분명 고개를 끄덕였죠. 바로 그거라고…."

한번 떠오르기 시작한 기억의 재생은 멈추지 않는다.

완전히 잊혔을 터인 추리가 쿄코 씨의 머릿속에서 되살아나고 있다. …하지만 아직은 긴장을 풀 수 없다. 미스터리 용어를 사용하지 않고 끝까지 달려 나아가야만 진실을 증명할 수 있다. QED(증명 종료)라고 말하기 위해서… QED도 안 되겠다. 미스터리 왕국의 국민으로서 그걸 수학 용어라고 우길 수는 없다. 불가능 범죄보다 불가능한 일이다.

"그렇군요. 담배를 표식 삼아서 쓴 건가요, 카쿠시다테 씨는.

아니면 탄환 끄트머리에 나방을 태웠던가요. 불길로 뛰어드는 불나방처럼 그 나방이 탄환을 담뱃불로 이끌었다, 이 말씀이시죠?"

"잠깐만요. 그런 멍청한 가설…이 아니라 멍청한 판타지 같은 생각을, 쿄코 씨가 했을 리가 없잖아요."

망라 추리의 일부로 떠올린 적은 있을지도 모르지만 그 명칭 역시 사용할 수 없다. 그리고 은근슬쩍 또 내가 쓴 걸로 되어 있다. 명탐정이 아닌 상대가 의심을 거두게 하는 게 이렇게 어려운 일일 줄이야.

"애초에 금연구역이었으니, 병실 안에서 담배를 피우지는 않았겠죠. 폐가 상해서 입원한 데다 담당 의사도 엄격히 금지했을 테니까요."

"금지를 당해도, 몰래 피울 수는 있지 않을까요?"

아아, 그렇군. 나 자신은 흡연자가 아니라 그 감각을 이해한다고 말할 수는 없겠지만, 담배의 중독성은 알코올보다 더하다고 들었다. 폐암에 걸릴 만큼 골초라 흡연을 금지했다고 했지만, 거꾸로 생각하면 그 정도의 골초이기에 금연이 어려웠을 거다. 하지만….

"…하지만 병실에는 담배 냄새가 거의 배어 있지 않았다… 음, 그랬죠?"

내가 재촉하기도 전에 쿄코 씨가 입을 열었다. …기억을 되살려냈다.

"다시 말해서, 병실 안에서 담배는 피우지 않았다…. 나방의 성질을 이용한 생물병기 플랜은, 실행되지 않았다….'

그 플랜이 살아 있다는 사실도 놀라웠지만… '생물병기'는 미스터리 용어가 아니라는 건가. 동물 트릭이라고 하면 바로 안 통할 것 같은데…. 어쨌든 쿄코 씨는 말을 이었다.

"…하지만 **병실 밖에서라면**, 피우셨을지도 모르잖아요?"

"음? 아아. 어딘가 흡연실이 있을지도 모르겠네요. 의사 선생님이나 간호사분들 중에도 피우는 분은 있으실 테니. 병원 전체를 완전히 금연구역으로 지정하는 건 무리니까요. 맑은 공기도 중요하지만 인권도 지켜야죠. 그러니 어디 눈에 띄지 않는 장소에 설치…."

하지만 흡연이 금지된 중증 환자가 흡연실에서 담배를 즐기는 모습을 누군가에게 목격당하는 것은 좋지 않다. 아무리 대기업 간부라 해도 그렇게까지 제멋대로 굴 수는 없었을 거다. 그렇다면… 그렇다면 눈에 띄지 않는 곳이나, 다른 사람의 눈이 닿지 않을 장소에서… 여차하면 자신의 병실로 돌아갈 수 있을 만큼 가까운, 다른 사람의 눈이 닿지 않을 장소에서… 복도 끝이나 빈방 같은 데서….

"**창문을 열고**, 한 대 피우고 있었던 게 아닐까요. …**그날의 제가 그렇게 생각했던 게**, 방금 기억났어요."

너무도 자연스럽게 말해서 그것이 수수께끼 풀이의 열쇠가 될 한마디라는 것을 나는 순간적으로 알아채지 못했다. 히세도 부리지 않고, 캐치프레이즈 같은 대사도 곁들이지 않았다. 도무지 명탐정의 수수께끼 풀이 같지가 않다.

하지만, 수수께끼는 풀렸다.

그래, '반딧불족*'이라는 표현은 요즘 안 쓰겠지만… 몰래 흡연을 하려는 사람은 다른 사람의 눈에 띄지 않도록, 냄새도 남지 않도록 바람이 잘 통하는 장소를 택할 거다. 어쩌면 옥상에서 피웠을지도 모른다.

어쨌든 창문이 닫혀 있는 병실이 아닌 어딘가 개방적인 다른 장소에서 흡연을 하던 중에… **다른 저격 포인트에서 사선을 확보해서** 간부를 저격한 거다.

저격을 당한 사람은 어떻게 될까? 쿄코 씨처럼 그 자리에 쓰러질까? 대부분은 그럴 거다. 하지만 쓰러지지 않았을 경우에는 어떻게든 허둥지둥 그 자리를 벗어나 안전한 장소로 피신하려 할 것이다. 본능적으로. 생존본능에 따라서. 엄폐물 뒤에 숨거나 바닥에 납작 엎드리거나 한 채로… 의사나 간호사에게 들키게 될 경우 바로 자신의 병실로 돌아갈 수 있을 만큼 가까운 곳에서 흡연을 하고 있었다면, 귀소본능에 따라 쏜살같이 그곳으

※반딧불족 : 빌라 등 집합주택의 베란다에서 흡연을 하는 사람이나 그런 행위를 가리키는 속칭.

로 도망칠지도 모른다.

그리고 그곳에 다다르자 안도감에 긴장이 풀려 그대로 의식을 잃었다면.

병실에서 저격당한 것처럼 위장된다. …피해자 본인의 사력을 다한 도피 행동으로 인해서.

저격소총이라는 흉기를 사용하고도 피해자를 즉사시키지 않은 것도, 탄환이 한 발도 관통하지 않은 것도, 설마 실력이 좋지 않았던 게 아니라 의도적인 것이었나…. 즉사시켜 버리면 피해자는 그 후 계획대로 도망쳐 주지 않을 테고 세 발의 탄환이 체내에 남지 않고 관통해 버리면 그 탄환과 바닥에 새겨질 탄흔이 진짜 현장에 증거로 남고 말 테니.

그렇다면… 엄청난 실력의 저격수라 해야 하리라.

정확하기 그지없는 것도 정도껏이어야지.

병실 창문에 난 탄흔은?

당연히 원래부터 나 있던 걸 거다. 공구를 사용해서 소총탄 크기의 구멍을 뚫으면 그만이다. 그러고 보니 이상하긴 했다. 창문에 난 세 개의 탄흔? 하지만 그건 방탄유리 같은 게 아니라 아주 평범한 유리창이었다. 아무리 VIP실의 창문이라도 소총탄이 직격하면 세 발은커녕 한 발에 산산조각 날 것이다.

쿄코 씨가 총에 맞았을 때처럼 박살이 났을 거다.

그러니까, 나만큼은 그 순간에 진상을 알아챘어도 이상할 게 없었다. 쿄코 씨가 눈앞에서 총을 맞는 바람에 그런 방향으로 머리를 굴리라 한들 무리라고 할 수밖에 없는 상황이었지만.

아아, 다시 생각해 보니 확실하게 알겠다. 쿄코 씨는 유리창에 난 구멍에 쌍안경처럼 눈을 대고 저격 포인트로 지목된 내 이전 일터를 바라보는 듯했지만, 그건 멀리 떨어진 공사 중인 건물을 바라보고 있었던 게 아니다.

탄흔 그 자체를 보고 있었던 거다.

그것이 소총탄에 의해 난 구멍인지, 아니면 그렇게 위장된 것뿐인 가짜 탄흔인지… 가짜 탄흔이라면 그렇게 위장 공작을 하는 것은 그리 어렵지 않았을 것이다. 검사다 흡연이다 해서 피해자가 빈번하게 병실을 비웠다면… 거꾸로 그 사실이 범인을 특정하는 데 도움이 될지도 모른다.

아무도 없는 병실에서 위장 공작이 가능했던 인물. 동시에 비밀 흡연실에서 병실까지의 동선, 피해자의 이동 경로에 적지 않게 흩뿌려져 있었을 것으로 추정되는 혈흔을 처리할 수 있었던 인물… 아무리 그래도 그 퉁명스러운 주치의는 아니겠지만 병원 관계자나 그로 변장한 인물….

"…하지만 뭐, 아하하, 조금 생각이 지나쳤던 것 같네요, 그날의 저는. 웃음밖에 안 나요. 사람 한 명을 죽이려고 그렇게까지 복잡하게 손을 쓰는 분이 있을 리가 없잖아요. 그런 건 전혀 현실적이지 않아요. 카쿠시다테 씨도 참. 아무리 자신이 범인이라는 걸 인정하기 싫어도, 그런 말도 안 되는 망상을 지어내면 안 돼요."

여러 방면으로 신경을 곤두세우고 있는 나와 대조적으로 쿄코 씨는 어이가 없다는 듯이 자신의 추리를 망상으로 깎아내렸다. …거기서 그치지 않고 이런 말도 덧붙였다.

"저를 저격한 것도 어차피 카쿠시다테 씨잖아요?"

7

미스터리 작품의 문맥상 한 번 용의선상에서 벗어난 관계자는 더 이상 의심을 사지 않기 마련이지만(물론 그걸 역이용한 트릭도 자주 등장한다), 쿄코 씨의 의심은 정말이지 굳건했다. …유감이라고 말할 수밖에 없지만, 어찌 되었건 이 '비밀의 폭로'로 인해 그녀의 추리는, 다시 말해서 **기억은 리셋되지 않는다는 사실이** 백일하에 드러났다.

이 사실을 어떻게 받아들여야 할까?

하루면 기억이 리셋되는 망각 탐정은, 잠이 들건 말건 기억이 리셋되지 않는 불망不忘 탐정이 되었다. 오히려 기억은 머리에 똑똑히 새겨지고 있다. 본래 망각 탐정이었을 때도 하루 이내의 단기적인 기억력은, 한 번 읽은 책을 완전히 암독暗讀할 수 있을 만큼 탁월했다. 다시 말해서 오키테가미 쿄코는 비밀 유지 의무를 절대 엄수한다는 특성은 물론이고 가장 빠른 탐정이라는 칭호까지 잃게 되었다. 하루 동안 사건을 해결할 필요가 없어졌기 때문이다.

쿄코 씨에게는 오늘밖에 없다… 라는 슬로건이 과거의 것이 되었다. 어제의 것이 되었다.

쿄코 씨에게는 어제도 있고, 내일도 있다.

하지만 그와 맞바꾸어, 그 대가로, 미스터리 용어의 의미를 상실했다.

'망각'을 잃음과 동시에 '탐정'도 잃은 것이다.

그게 뭐 어쨌는데? 라고 말할 사람도 있을 것이다. 분명 이로써 쿄코 씨는 앞으로 탐정 일을 계속하기 어려워질 거다. 그 견고하기 그지없는 오키테가미 빌딩을 유지할 수 없게 될지도 모른다. 그럼에도 지금까지 모은 금액을 생각하면 다음 직장을 찾을 때까지 길바닥에 나앉을 일은 없을 것이다. …수전노는 미스터리 용어가 아니니까.

탐정을 그만둔다고 죽지는 않는다. 오히려 오래 살 가능성이 생겼다.

나도 그렇게 생각했다.

정체성이 상실되기는 했지만 일단 살고 볼 일이다. 저격을 당할 위험성이 있는 직업에 굳이 집착할 필요는 없으리라. 앞으로는 '여긴 어디? 나는 누구?'라는 말 대신 '베이커 가街는 어디?

셜록 홈스는 누구?'라면서 고개를 갸웃하게 됐을 뿐이다. 생활하는 데는 아무런 지장도 없다. 없을 거다.

해피엔딩으로 마무리된 것이다.

하지만 이렇게까지 완벽하게 매듭이 지어지자 어떤 생각을 거둘 수가 없다…. 미스터리 작품의 문맥상 생각하지 않을 수가 없다.

저격수의 목적은 그게 아니었을까?

쿄코 씨가 떠올린 추리는 매우 놀라운 진실을 담고 있었지만, 엉성한 부분이 없는 것은 아니다…. 예를 들어 병실 밖의 혈흔을 닦아 낸다 해도 '혈흔 반응'은 남을 테고, 창문의 탄흔을 위조한다 해도 '과학수사'로 인해 그 사실이 탄로 날 수도 있다. 엄청난 실력의 저격수가 짜낸 플롯plot이라고 보기는 힘들다. 공교롭게도 쿄코 씨가 말했던 것처럼 '사람 한 명을 죽이려고 그렇게까지 할까요?' 싶은 측면도 있다. 저격을 당한 '현장'을 '오인'하게 만든 '속임수mislead'에는 무슨 의미가 있었을까?

만약 의미가 있었다면… '나'일 것이다. 일시적으로나마 간부가 병실에서 총을 맞은 것처럼 보이게 함으로써 엄청난 실력의 저격수는 **나에게 누명을 씌울 수 있었다**…. 오해하지 말기 바란다, 엄청난 실력을 지닌 저격수의 진정한 목적이 나였다는 식의 자의식 과잉 같은 소리를 하려는 것이 아니.

진정한 목적은… 오키테가미 쿄코였던 게 아니었을까, 하는 거다.

나에게 누명을 씌워 탐정을 부르게 했다. 아니 뭐, 나라면 분명 탐정을 부를 테니까. 그것이 나라는 생물의 생태니까… 탄환의 속도와 가장 빠른 탐정을 연결 지은 것도 생각해 보니 안일한 발상이었다.

그리고 호출을 받고 찾아온 망각 탐정의 머리에 저격수는 '입막음을 위해' 가차 없이 소총탄을 박아 넣었다.

입막음을 위해서. 함구緘口시키기 위해서.

하지만 **그 동기야말로** 진정한 위장이었다면?

만약 쿄코 씨에게서 '탐정'을 이렇게까지 완벽하게 빼앗은 것이 우연한 결과가 아니라 진범이 의도한 바였다면… 미묘하게 어긋났다고 할 수 있으리라.

그런 건 기억상실도, 정체성의 상실도 아닌… 살인이기 때문이다.

오키테가미 쿄코 살인 사건.

이런 생각은 미스터리에 찌든 뇌에서 나온 음모론에 불과할까? 필요 이상으로 범인의 의도를 확대해석한 것뿐일까? 대기업 간부가 사내 알력으로 인해 살해당할 뻔했다는 동기로는 부족한 건가? 뜻밖의 동기를 애써 찾고 있는 것뿐인가? 와이더닛을 지나치게 추구한 건가? 뜻대로 기억상실 상태로 만들거나, 기억상실을 상실하게 만드는 게 가능할 리가 없다는 지극히 상식적인 견해를 기준으로 '평범하게 생각'해야 할까? 불가능을 제외하고 남은 것이 믿을 수 없으니 불가능하다고 보아야 하나[*]?

하지만 어쩌면.

그녀의 머리를 관통한 첫 번째 탄환도, 어쩌면 그러한 의도를 가지고 쏜 것일 수도 있다. 그렇게 되도록 사선射線을 형성한 것일 수도 있다. 점과 점을 연결하듯이, 나는 그런 추리를 구축하고 말았다. 탐정도 아니면서. 그녀를 망각 탐정으로 만든 탄환과 망각 탐정을 과거의 사람으로 만든 탄환, 그 두 발은 그런 대조적인 존재가 아니었을까. 그 두 발에는 모종의 연결고리가… '미싱 링크[*]'가 있는 것이 아닐까.

정말이지, 멍청한 판타지 같은 생각이다.

하지만 거기까지 깊이 고찰한 시점에서 나는 더욱 과감하게, 더욱 엉뚱한 방향으로 파고들었어야 했다. 예를 들자면 쿄코 씨의 머리를 관통한 첫 번째 탄환인 9mm탄. 그녀를 망각 탐정으로 만든 그 첫 번째 탄환은 해외의 총기 사회에서, 지근거리에서 누군가에게 맞은 것이 아니라… **망각 탐정이 되기 위해** 그녀 자신이 본인의 머리에 박아 넣은 것이 아니었을까, 하고.

※'불가능을 제외하고 남은 것은 아무리 믿을 수 없어도 진실이다'라는 셜록 홈스의 명대사 중 하나를 비튼 것.
※미싱 링크(missing link) : 고고학에서 유래한 단어로 미스터리 장르에서는 '보이지 않는 공통점'이라는 의미로 사용된다.

하지만 나라는 의뢰인은 경솔하게도 그런 가능성을 잊고 어제를 되찾은 대신 탐정으로서의 기능을 잃은 전지 망각 탐정의 내일에 대한 고찰을, 얕지도 깊지도 않은 고찰을, 어리석게도 계속하고야 말았다.

조준 사격이라도 하듯이.

「오키테가미 쿄코의 저격수」 명기銘記

오키테가미 쿄코의 감찰표

제2화

오키테가미 쿄코의 지뢰원

1

머리를 총탄에 관통당했음에도 즉사하지 않고 살아남는 경우는 드물긴 해도 이야기로 들어 본 적은 있는 현실적인 기적이고 엔터테인먼트의 소재로는 흔하다고까지 할 수 있다. 나는 견문이 부족해서 구체적인 제목을 그 자리에서 떠올리지는 못하지만, 그런 경우에 해당되는 미스터리 작품이라면 얼마든지 있을 것이다.

하지만 한 발이면 모를까, 두 번이나 탄환을 맞고도 살아남았다는 것은 기적이라기보다 언페어한 트릭처럼 느껴지기까지 했다. 명탐정 자격을 박탈당해도 어쩔 수 없다는 생각마저 든다고나 할까.

뭐, 주치의에게 자세한 설명을 들어 보니 완전히 있을 수 없는 일이 일어난 것은 아니라는 모양이다. 오히려 첫 번째 탄환을 맞고 살아남았기에 두 번째 탄환을 맞고도 죽음에 이르지 않은 것이라고 할 수도 있다고 한다…. 요컨대 첫 번째 탄환이 머리에 낸 구멍을 두 번째 탄환이 터널을 지나듯 깔끔하게 통과했을지도 모른다는 것이다.

바늘구멍을 통과하듯, 머리에 난 구멍을 통과했다.

오호라, 하고 무릎을 탁 치기는 어려웠지만 확실히 그 추측대로라면 머리의 중요한 부분을 상하게 하지 않고 탄환이 앞에서 뒤로 스르륵 통과할 수 있다… 아니, 머리에 중요하지 않은 부분이 있는지 어떤지는 모르겠고, 쿄코 씨는 등 뒤에서 총을 맞았으니 뒤에서 앞으로 통과했다고 해야 하려나.

첫 번째 탄환이 앞과 뒤, 어느 쪽에서 날아왔는지는 알 수 없고 당연히 쿄코 씨는 그때 당시의 일을 기억하지 못하지만… 눈에 띄는 흉터가 남지 않은 것도 기적이라고 해야겠다. 물론 나는 지금까지 쿄코 씨의 머리를 차분히 뚫어져라 음미하듯 바라본 적이 없긴 하지만… 눈부신 백발에 시선을 빼앗겨서 두피에까지는 주의를 기울일 수가 없었던 거다.

의사의 실력이 좋았던 걸까. 해외의 명의일까.

그렇다면 두 번째 탄환도 그렇게 처리되었기를 기도할 따름이다…. 하지만 그것은 의사도 아닌 내가 어떻게 할 수 있는 범위의 일이 아니다. 내가 할 수 있는 일은 무엇일까? 이 누명왕이할 수 있는 일은.

뻔하지 않은가. 범인 찾기다.

그것 또한 어떻게 생각해도 내 직무 범위를 벗어난 일이라는데에는 변함이 없지만. 내가 누명을 벗은 것과는 별개로 간부와 명탐정을 쏜 저격수가 체포된 것은 아니라는 것 또한 사실이다. 아무리 탁상공론을 반복한들, 거듭 죄를 지은 진범은 여전히 활개를 치고 다니고 있다.

아무리 쿄코 씨가 튼튼하고 운이 좋아도 세 번째 탄환까지 피할 수 있을 것 같지는 않다…. 지금은 창문이 없는 개인 병실에 입원해 있지만 (나의 누명을 벗겨 준 명탐정은 얄궂게도 감옥 같은 방에 갇혀 있는 것이다) 언제까지고 병원의 보호하에 있을 수는 없는 일이다.

범인을 밝혀내야 한다.

안다, 아무리 생각해도 내게는 너무도 무거운 사명이다. 이런 걸 혼자서 짊어졌다간 어깨가 박살 날 거다. 하지만 그렇다고 내 주소록에 이름이 올라 있는 다른 명탐정에게 의뢰를 할 수도 없는 노릇이다.

명탐정이 피해자가 되었는데 다른 명탐정에게 사건을 해결해 달라고 하는 굴욕적인 전개로 번지는 날에는 그야말로 장사를 접어야 할 거다. …장사를 접어야 한다. 수전노인 쿄코 씨에게 그것은 죽는 것과 다름없는 일이다.

이왕이면 명탐정의 기억이 없어질 게 아니라 수전노의 기억이 없어졌으면 좋았을 텐데…. 아무튼 안 그래도 미스터리 용어를 모두 망각하여 앞으로 탐정 일을 할 수 있을지 어떨지조차 의문스러운 쿄코 씨를 이 이상 궁지로 몰 수는 없다. 탐정이 아닌 수전노는 그냥 수전노가 아닌가.

물론 명탐정 이외의 사람에게 의지할 수도 없다.

누명왕이기에 저널리스트나 경찰, 변호사와 검사 중에도 지인이 있기는 하지만 입이 찢어져도 좋은 관계를 구축했다고는 말할 수 없는 데다, 비밀 유지 의무를 절대 엄수하는 탐정이 기억을 일부나마 되찾았다는 정보를 각 방면에 퍼뜨리고 다닐 수는 없는 일이다. 그 또한 장사를 접어야 할 사안이다.

요컨대 내가 해명하는 수밖에 없다.

사건의 진상을.

…위험한 사건에 고개를 들이밀어 사망 플래그를 잔뜩 세우고 있는 듯한 기분도 들지만, 카쿠시다테 야쿠스케는 여기서 그녀를 외면할 만큼 몰염치한 사람이 아니다. 소질이 있고 없고는 둘째 치고, 움직여야 할 때란 있기 마련인 것이다.

몇 번이고 누명을 벗겨 준 쿄코 씨에 대한 은혜, 같은 것도 물론 있지만 만약 범인의 목적이 쿄코 씨를 저격하는 것이라면 이번에 나는 첫 번째 피해자인 회사 간부와 함께 유사 미끼로 사용된 셈이다. 굳이 말하자면 강제로 공범이 된 것이다.

다른 것도 아니고 쿄코 씨의 머리를 쏜 저격범의 공범이라니?

이 누명은 무슨 수를 써서든 벗고 말 거다.

2

나는 명탐정이 아니지만 의뢰인으로서 수많은 탐정의 곁에 있었던 남자다. …또한 누명왕으로서 수많은 범인과 밀접해졌던 남자라고도 말할 수 있다. 그렇다면 그렇다는 느낌은 전혀 없지만, 의외로 슬슬 탁월한 추리력 같은 게 싹틀 때도 되지 않았을까? 카쿠시다테 야쿠스케라는 청년은 안팎, 양면으로 범죄와 추리의 영재교육을 받고 있었던 것이라 해도 과언이 아니다.

그런 기대와 함께 나는 범행 현장으로 돌아갔다.

범행 현장이라 한들 쿄코 씨가 저격을 당한 VIP 전용 병실이 아니라 저격수가 있었을 것으로 추측되는 공사 중인 건물의 어느 방이다. …과거 직장을 잃기 전의 내가 작업을 맡아 열심히 일했던 그 방 말이다.

일설에 따르면 '범인은 현장으로 돌아온다'고 한다.

'사건 현장에는 백 번 가 봐라'라는 말도 있다.

둘 다 지금의 쿄코 씨가 그 의미를 완전히 잊었을 관용구지만 미스터리 작품에서는 기본 중 기본이라 할 수 있는 문언이다. 고민 끝에 나는 그런 규칙에 따라 보기로 했다.

나의 불기소 처분을 못마땅하게 느끼고 있을지도 모르는 담당 형사의 눈에는 관용구처럼 범인이 현장으로 돌아온 것으로 보일지도 모르지만. 뭐, 결국 내가 할 수 있는 일은 셜록 홈스가 말한 초보적인 것들을 철저히 조사하는 거다.

아마 헛수고로 끝날 것이다.

이미 수사반과 감식 담당자들이 정밀 조사를 하고 난 현장을 돌아본다는 일이 아무리 공사 현장이라 해도 건설적일 리가 없다…. 하지만 나는 확신을 가지고 일단 행동에 나섰다. 그 확신이란, 나는 탐정이 아니지만 개중에서도 안락의자 탐정은 더더욱 아니라는 확신이다. '안락'이라는 단어는 '안락사'라는 형식으로도 내 인생에는 등장하지 않을 거다.

굳이 말하자면 착실하게, 혹은 땅바닥을 구르며, 신발 바닥이 해져라 돌아다니며, 머리가 아니라 몸으로 생각하는 편이 성미에 맞을 거다… 두뇌노동 말고 육체노동 말이다.

팔다리를 움직이자.

불기소 처분이 되기 전에 근무지에서 해고되기는 했지만 (그나저나 '불기소'인데 '처분'이라는 말이 붙는 것도 모순적인 표현이 아닐까) 다행히도 갑작스러운 해고였던 덕에 나는 공사 현장에 입장하기 위한 카드키를 아직 반납하지 않은 상태였고, 이곳저곳의 디지털 잠금장치의 비밀번호도 기억하고 있었다(나의 기억력이 좋은 것에 놀라게 할 수는 없는 일이니 미리 말해 두자면, 모든 디지털 잠금장치의 비밀번호는 '0000'이다).

휴일 심야에 이루어진 이 불법 침입만큼은 이 누명왕도 누명이라고 주장하기 어려울 듯하다.

우선 보안장치를 끄고 파악하고 있는 방범 카메라를 어슬렁어슬렁 피해 엘리베이터를 타지 않고 계단으로 그 방을 향해 이동한다. 쿄코 씨를 탓할 생각은 없지만 나도 참 대담해졌다. 뭐, 여차하면 일터에 두고 온 물건을 가지러 왔다는 궁색한 변명을 늘어놓을 생각이지만.

결론부터 말하자면 불법 침입의 성과는 예상했던 대로 거의 없었다. 익숙한 'KEEP OUT'이라고 적힌 땅벌색 테이프조차 둘러쳐져 있지 않은 현장은 생각 외로 깔끔하게 정리되어 있었다. 이곳에는 이제 아무 힌트도 없습니다, 라고 넌지시 암시하고 있는 듯했다. …으음.

헛수고로 끝날 것이라고 말하기는 했지만, 사실은 자기주장이 강한 범인이 저격에서 살아남은 탐정에게 보내는 범행 성명이라고 해야 할지, 암호 메시지 같은 것을 남기지 않았을까 기대하고 있었건만…. 암호 같은 게 적혀 있었어도 나는 해독하지 못하겠지만, 그럴 땐 어찌어찌 입원 중인 쿄코 씨를 요전처럼 말로 구워삶아 해결할 생각이었다.

참고로 그 후 몇 번인가 병문안을 갔지만, 며칠이 지나도 몇 번을 잠들어도 쿄코 씨의 기억이 사라지는 일은 없었다. 기억이 사라질 것을 기대하고 있다는 것도 이상한 소리인 데다, 그걸 회복이라고 부르는 것은 더더욱 이상한 일이지만 그 소총탄은 망각 탐정에게서 너무도 커다란 것을 빼앗아 갔다.

망각 탐정다운 면도, 탐정다운 면도 빼앗긴 쿄코 씨는 앞으로 어떻게 해야 할까?

내가 걱정할 일은 아닐지도 모른다. 오지랖도 넓은 녀석이다. 곰곰이 생각해 보니 탐정이 아니며 잠들 때마다 기억이 리셋될 일이 없다는 것은 대부분의 세상 사람들에게 해당되는 조건이다.

다른 후유증이 남을 가능성이 없는 건 아니지만 기본적으로 쿄코 씨는 일반인이 되는 것뿐이다. 그게 뭐가 잘못이란 말인가?

같은 생각을 계속 반복하고 있는 것 같아서 마음이 무겁기는 하지만 계속 망각 탐정으로 있기를 바란다는 것은 나의 이기적인 감상이라고 볼 수도 있으리라. 걱정하는 척, 엇나간 연민을 강요하고 있는 것뿐인지도 모른다.

애초에 설령 내가 탁월한 추리력을 발휘해서 누명 탐정으로서 진범을 체포한다 해도(공권력을 통하지 않은 사인私人 체포), 쿄코 씨의 의미 기억이 돌아오는 건 아니다.

이 누명 탐정은, 쿄코 씨를 망각 탐정으로 만든 것은 아마도 첫 번째 탄환이었을 것이라고 추리하고 있지만, 그렇다고 사람의 몸이라는 게 망가진 TV처럼 한 발을 더 맞는다고 원래대로 돌아오는 구조로 되어 있지는 않을 것이다.

복수해 봐야 고인은 돌아오지 않는다는 말은 그야말로 탐정이 해결 편에서 할 법한 말이지만… 아니, 아니. 부정적으로 생각하지 말자.

성과가 없자 이런 행위에는 애초부터 아무 의미도 없었다는 생각이 들어 침울해졌지만 의미 기억이 돌아온다거나, 망각 탐정으로 돌아온다거나 하기 이전에 여전히 쿄코 씨의 목숨을 노리고 있을지도 모르는 저격수라는 위협은 반드시 제거해야만 한다…. 경찰에게 맡기라는 말을 들을지도 모르겠지만 흐름에 따라서는 또다시 이 누명왕이 체포될 우려도 있다는 피해망상적인 생각을 버릴 수가 없었다.

이는 결코 자의식 과잉이 아니다. 내 나름의 위기감에서 비롯된 생각이다.

뭐, 범인의 동기가 쿄코 씨를 살해하는 게 아니라 쿄코 씨에게서 추리력, 나아가 탐정으로서의 능력을 빼앗는 것이었다면 두말할 것도 없이 이미 그것은 완전히 달성된 상태니, 지금쯤 해외로 도망쳤을 가능성도 크다. 그건 그것대로 쿄코 씨(와 나)의 안전이 확보되었다고 할 수 있는 상황이지만… 패배감을 거둘 수 없을 것 같다.

어찌 되었건 계속 이렇게 깔끔한 범행 현장에 멀거니 서 있어 봐야 달라질 건 없다. 제거한 것인지, 앞으로 끼울 예정이었는지… 유리가 끼워져 있지 않은 창문으로 보이는 경치(저 멀리 쿄코 씨가 입원해 있는 병원도 보인다)에도 이렇다 할 이상한 점은 없는 듯하고, 나는 나대로 냉큼 철수하지 않으면 누명을 쓰지 않아도 체포당하고 말 거다. 혹시 모르니 범인과 수사반보다 더 현장을 깔끔하게 치우고 흔적을 남기지 않고 떠나야만 한다.

그런 생각을 하며 나는 스마트폰을 체크했다. 마을버스가 올 시간이 다 된 것 같아서 현재 시간을 확인하고 싶었던 것뿐이었는데, 그 이외의 것까지 확인하고 말았다. 급한 연락이나 메시지가 와 있었다는 뜻이 아니다.

그 반대다.

스마트폰 화면 위쪽에 자그마하게 '통화권 밖' 표시가 떠 있었던 것이다. …통화권 밖이라고?

그리 대수롭지 않은 일 같기도 하지만 나는 온몸에 소름이 돋았다. '다음은 널 쏘겠다'는 통보 메시지가 표시되어 있었다 해도 이렇게까지 소름이 돋지는 않았을 거다.

아니, 잠깐만 있어 봐.

분명 이곳은 깜깜하고 인적도 없는 곳이지만, 그렇다고 산속이나 동굴은 아니다…. 공사 중이라고는 해도 대도시에 있는 마천루의 일부분이다. 담력시험에 걸맞은 폐허도 아니다. 5G 통신망이 깔린 시대에 통화권 밖이라니.

통신장애 같은 건가? 그럴 가능성은 있다. 제발 그랬으면. 부디 누군가가 전파 방해를 하고 있기 때문이 아니기를… 수사반이 철수한 장소에 어슬렁어슬렁 나타난 무분별한 '관계자'를 전파적으로 고립시키기 위한 장치 같은 게 아니기를.

엄폐물 뒤에 숨어 있던 악한이 튀어나와 공격했다, 따위의 함정이 아니란 점이 오히려 무서웠다. 저격 실력도 그렇고 나에게 지금까지 누명을 씌워 온 범인들과는 명백하게 다르다. 부득이하게 범죄에 손을 물들인 그들, 혹은 그녀들과는 명백하게 다르다. …숙련된 솜씨다.

도움을 요청할 수 없게 되었으니 이번에는 거꾸로 병원 쪽에서 고층 건물에 있는 나를 저격할 속셈인가? 나는 허둥지둥 유리가 끼워져 있지 않은 창문에서 물러났다. 만약 이게 나라는 개인을 노린 것이라면 너무도, 저격보다도 더욱 세심한 함정이라 하지 않을 수 없었다. 왜냐하면 '도움을 요청할 수 없다'는 것은 탐정을 부르고 싶어서 미칠 지경인 내게는 치명적인 사안이기 때문이다.

그 한심한 캐치프레이즈 같은 대사를 사용할 수 없다. 전적으로 남에게 의지하기 위한 대표적인 대사를.

백만 명의 명탐정의 연락처가 등록된 주소록이 있어 봐야 통화권 밖에서는 아무 짝에도 소용이 없다. 한시라도 빨리 안테나가 뜨는 곳으로 도망쳐야 한다.

마치 스마트폰 의존증에 걸린 사람처럼, 바꿔 말하자면 흡연자가 담배를 피울 수 있는 장소를 찾듯이, 나는 전파가 뜨는 곳을 찾아 불길한 범행 현장에서 뛰쳐나가려 했다. …그게 잘못이었다. 매우 큰 잘못이었다.

흔적을 남기지 않고 철수하려고 했던 초심은 완전히 잊은 지 오래였다. …달칵.

달칵?

불길한 소리를 들은 나는 부주의했던 발치로 시선을 떨궜다.

나는 발을 디디고 있었다. 함정에. 지뢰라는 함정에.

3

지… 지뢰라고요?

일본에서는 거의 볼 일이 없다고 할지, '역린을 건드리다' 따위의 관용구와 같은 의미로 사용되는 용어지만, 결코 미스터리 용어는 아닌지라 나도 어쩐지 전혀 현실감이 느껴지지 않아서 밟은 순간에는 아주 얼이 빠지고 말았지만… 하지만 따지고 보면 지뢰 역시 내가 밟은 순간 핀이 빠져 버렸다. 지뢰니 분명 그렇겠지. 아니, 지뢰의 원리를 자세히는 모르지만.

다리에서 힘이 빠진다는 소릴 할 때가 아니다.

만약 뭔가 이상한 걸 밟았다는 생각에 반사적으로 발을 들어 올렸다면 나는 그 순간 시체가 되었을 것이다.

진정하자.

그냥 지뢰처럼 생긴 욕실 매트일지도 모른다. 발매트일지도 모른다.

현실도피라도 하듯 순간적으로 시선을 돌렸지만, 나는 용기를 내서 쭈뼛쭈뼛 다시 한번 부주의했던 발치를 확인했다. …아아, 젠장. 지뢰 맞잖아. 다시 봐도 지뢰 맞잖아아.

정말 억지로 자기 최면을 걸면 발매트는 아니더라도 맨홀 뚜

껑처럼 보일 것도 같지만, 길거리라면 모를까 공사 중인 건물의 고층에 맨홀 뚜껑 같은 게 있을 리가 없다. 마주치기 어렵기로 치면 지뢰 쪽이 훨씬 마주치기 어려운 데다 지금까지의 누명 인생을 통틀어도 진짜 지뢰 같은 건 본 적도 없었지만, 지금 내가 체중의 절반을 싣고 있는 것이 전형적인 지뢰라는 것은 알 수 있었다. 호랑이나 사자를 본 순간 위험하다는 걸 직감할 수 있듯이 척 봐도 지뢰다. 이게 지뢰가 아니라면 세계에 전장은 없을 거다.

전장… 아아, 그렇군.

저격수는 그나마 암살과 관련된 미스터리 용어라고 생각했었지만, 곰곰이 생각해 보니 그 용어가 보다 빈번히 등장하는 곳은 역시 전장일 것이다. 그렇다면 이런 대인 병기가 등장하리라는 것은 사전에 예상했어야 했다. 적어도 망라 추리를 구사하는 쿄코 씨라면 절대로 하지 않을 실수다.

뭐가 누명 탐정이냐, 겉멋만 들어서는.

진정하자, 진정하자, 진정하자. 진정하자는 말을 백 번 반복하자.

우선 발은 움직이지 말자. 절대로. 바닥을 꺼뜨릴 기세로 감압판을 힘껏 밟자. …괜히 폭약을 더 압박하고 있는 것 같고 직감에 반하는 행위처럼 느껴지지만, 지금은 이렇게 해야만 생명선을 유지할 수 있다. 손금의 생명선만큼이라도 살 수 있다.

그리고 잘 생각해 보자.

이런 게 있었던가? 아무리 깜깜했다지만 방에 들어섰을 때 이미 설치되어 있었다면 더 빨리 밟았어도 이상할 게 없었다. 아까도 말하지 않았던가, 방 안에는 아무것도 없었다고. 깔끔하게 정리되어 있었다고. 그렇다면 내가 침입한 걸 확인한 후, 내가 창문으로 병원을 바라보고 있을 때… 문에 등을 돌렸을 때 누군가가 슬그머니 두고 갔다고 생각하는 게 자연스럽다.

마치 배달 음식을 두고 가듯이.

무슨 우버 이츠*도 아니고.

방에 들어왔을 때, 일단 실내가 말끔하게 치워진 걸 확인했던 탓에 완전히 방심했었다는 이유도 있지만… 그런 이유는 둘째 치고 전혀 생각도 못 했던 일이다. 대체 누가 자신의 등 뒤에 실시간으로, 소리도 없이 몰래 지뢰를 설치하고 있을지도 모른다는 생각을 한단 말인가?

해외로 도망치기는 무슨.

얄궂게도 내가 추리했던 대로 범인은 현장으로 돌아와 있었다. 새로운 범죄를 저지르기 위해서.

가능성만 따진다면 이 건물을 해체하기 위해 다이너마이트 대신 설치해 둔 것일지도 모른다는 가능성 또한 망라 추리를 하

※우버 이츠 : 파트너십을 맺은 업체와 개인 배달자를 연결해 주는 온라인 음식 배달 플랫폼.

64

는 쿄코 씨라면 고려했겠지만, 그럴 리는 없다. 그건 나라도 안다, 나니까 알 수 있다. 나는 이 방의 작업을 담당하고 있었기에 이 지뢰가 시공사의 경비로 구입된 게 아니라는 것을 보증할 수 있다.

상황이 이렇게 되고서 말해 봐야 놀랄 만치 설득력이 없겠지만, 놀랍게도 나 역시 얼간이는 아닌지라 범인은 아직 멀리 가지 못했을 것이라며 달려 나가지는 않았다. …애초에 같은 불법 침입자라도 명백하게 차원이 달랐다.

내가 이곳에 숨어들 때, 건물은 카드키와 디지털 잠금장치로 잠겨 있었던 데다 다른 보안장치도 켜진 상태였다. 범인은 그 상태를 유지한 채 침입하여 나를 기다리고 있었던 것이다. 언제 올지도 모르는 나를.

내 뒤를 밟아, 내가 해제한 보안장치를 차례로 돌파한다는 방법을 사용했을 수도 있지만, 나도 꺼림칙해서 미행이 없는지 주의를 기울이고 있었던 데다 범인이 우연히 전파 방해기를, 나아가 지뢰를 소지하고 있었을 리는 없다.

이건 치밀하게 준비된 함정이다.

한편으로는 쿄코 씨를 저격할 때보다 많은 시간과 품을 들여나를 노렸다는 사실이 영광스럽기는 했지만, 이거 난감하게 됐다. 이건 단순히 사건을 헤집고 다니는, 유사 미끼로서의 역할이 끝나 쓸모가 없어진 나를 폭파 살해하려는 계획이 아니다.

관계자인 나를 이렇게 범행 현장에서, 아마도 바닥 아래나 천장 위, 벽 안에 설치되어 있을 전파 방해기와 함께 산산조각이 나도록 날려 버려서 '목적을 달성한 진범의 자살'을 연출할 생각일 것이다. …탁월한 추리력이 싹트지는 않았지만 수많은 누명을 써 온 누명왕으로서 이 범행의 의도는 짐작이 되었다.

일거양득의 뒤처리다.

며칠 후, 나의 유서가 경찰서에 접수될지도 모른다. 원격 조작이 가능한 저격총을 이 방에 설치했었다는 경천동지의 트릭이나 눈물 없이는 들을 수 없는 동기가 적힌 나의 유서가. 지뢰로 자폭할 만큼 다이내믹한 인간은 아니었던 데다 나의 용의는 이미 쿄코 씨가 벗겨 주었건만 이런 식으로 다시 용의에 불을 붙일 줄이야… 적이지만 훌륭한 솜씨다.

이건 단순한 저격수가 아니다.

그냥 실력이 좋은 저격수도 아니다.

프로페셔널… 그것도 암살자가 아니라 훈련된 군인의 솜씨다.

군인.

어째서 범인이자 군인이 쿄코 씨와 나를 노리는 것인지는 짐작도 안 가지만, 이건 결코 지금까지 몇 번인가 있었던 '과거 망각 탐정에 의해 감옥에 보내졌던 범인의 복수' 같은 경우가 아니다.

그와는 일선을 긋는, 전선에서나 일어날 법한 일이다.

실수로라도 내가 고개를 들이밀어도 될 안건이 아니었다. 모가지를 당해 놓고 고개를 들이민 탓에 진상을 밝히기는커녕 가짜 범인으로 몰려 사건이 미궁에 빠지는 데 일조하게 되고 말았다. 정말이지 누명왕에게 어울리는 최후가 아닐 수 없다.

공범 정도가 아니라 주범으로 몰리고 말았다.

평소 같았으면 그 누명을 쿄코 씨가 벗겨 주었겠지만, 그 쿄코 씨도 지금은 탐정으로서의 능력을 잃은 상태다. 폭사하는 순간, 재판이 열리기도 전에 내 용의가 강철처럼 굳어질 것이다.

후우. 좋아, 일단 앉자.

선 채로 같은 자세를 유지하고 있다는 건 상당히 힘든 일이라는 사실을 새삼 알게 됐다. 그리고 보면 학창시절에 있었던 '복도에 서 있게 한다'는 것은 상당히 효과적인 벌이었던 것 같다. 누명을 쓰고 그 벌을 자주 받았지만 당시에는 몰랐었지, 복도에는 지뢰가 없었으니까. 최대한 체중을 실어 지뢰를 밟고 있는 상태를 유지한 채 무게 변화가 일어나지 않도록 주의하며 나는 바닥에 앉았다…. 살인이 아니라 상해를 입히는 걸 목적으로 한 흉악한 지뢰도 많다고 들었는데, 내가 밟고 있는 이 지뢰는 크기로 미루어 한쪽 발을 희생하면 살 수 있을지도 모른다는 생각조차 들지 않아 괜히 갈등하지 않아도 되니 다행이라고 긍정적으로 생각하자. 가끔은 긍정적인 생각도 해야지. 괜히 고개 숙이고 다녀 봐야 좋을 건 없다. 지뢰가 있을지도 모를 일 아닌가.

이제 와서 범인을 쫓아 봐야 따라잡을 수 있을 리 없다. 오히려 섣불리 따라잡으면 민간인인 내가 역습을 당할 가능성이 높다는 것도 일단은 좋은 정보로 받아들이도록 하자.

지뢰 폭발에 휘말려 들지 않기 위해 범인은 이미 공사 현장에서 멀리 떨어졌다 치고 (쌍안경으로 폭발을 확인할 수 있을 정도의 거리에는 있을지도 모르지만) 아직까지 폭발할 낌새도, 카운트다운 소리도 들리지 않는 걸 보면 버튼 하나로 조작할 수 있는 타입의 지뢰도, 시한 발화 장치가 부착된 지뢰도 아닌 모양이다.

원시적으로 내가 감압판에서 발을 뗀 순간에 화약에 불이 붙는 구조라고 생각하면 될 듯하다. 다시 말해서 나에게 지뢰 처리반과 같은 능력이 있다면 목숨을 부지할 수 있는 상황이라고 정리할 수 있다. …물론 나에게는 지뢰 처리반과 같은 능력이 없다.

수많은 직장에서 잘린 역사가 있기는 하지만 지뢰를 처리해 본 경험은 없다. 방심했다. 액체 질소 같은 걸로 냉각시키면 되는 거였던가? 빨간 코드나 파란 코드를 자르면 되는 거였던가? 액체 질소는커녕 니퍼도 없다.

기술도 도구도 없다.

섣불리 해체를 시도했다가는 정말로 자살하는 것과 다름이 없어진다.

하다못해 다잉 메시지라도 남길까. 쿄코 씨에게.

이건 누명입니다, 속지 마세요, 저는 자살한 게 아니라 살해당한 겁니다, 라고 손가락을 깨물어서 피로 바닥에 글씨를⋯ 아니지, 어떤 명문名文을 쓴다 해도 폭발로 날아가고 말 거다. 거기까지 예상한 계획일 줄이야. 애초에 '다잉 메시지'라는 용어를 잊은 쿄코 씨에게 그런 명문을 남긴들 이건 법률적으로 유효한 유서가 아니라고 판단해 버릴지도 모를 일이다.

역시 살아남는 방향으로 생각해 봐야겠다. 당연한 일이지만.

논리적으로 생각하면 '큰 소리로 도움을 구한다'가 가장 효과적인 방법일지도 모른다. 하지만 늦은 시간인 데다 소음 방지 조치도 되어 있는 공사 현장에서 아무리 목소리의 데시벨을 끌어올린들, 밖에 들릴 확률은 반반이다. 설령 누가 듣는다 해도 그 사람이 범인일 가능성도 없지 않다.

내가 이대로 죽는 게 저쪽에게는 최상의 결과이겠지만, 너무 너절하게 난리를 치면 돌아와서 직접 끝장을 내야겠다고 마음을 바꿀지도 모른다⋯ 돌아오지 않고 멀리서 저격을 할지도 모르고⋯. 앉은 채로, 발을 고정시킨 상태로는 행동이 제한되지만 우선 최대한 창문에서 사각이 될 만한 위치로 이동하자.

젠장, 안락의자 탐정과는 가장 거리가 멀다고 생각하기는 했지만 설마 의자는커녕 방석도 없이 바닥에 주저앉아서 회색 뇌세포를 풀회전시키게 될 줄이야[*]. 하지만 이대로 가면 그 뇌세포도 노릇노릇하게 구워져 버릴 거다.

그런 뇌로는 저격을 당하지 않아도 대단한 지혜를 발휘하지 못할 것이다.

그렇다면 현대인의 제2의 뇌라고 할 수 있는, 통화권 밖 표시가 뜬 스마트폰을 쓸 수밖에.

만능 도구처럼 떠받들어지고 있기는 하지만, 스마트폰도 통화권 밖에서는 그 기능 중 대부분이 제한된다…. 오프라인으로도 켤 수 있는 앱으로 죽을 때까지 시간이나 죽이고 있을 상황도 아니다.

하지만, 거꾸로 말하면 **안테나만 뜨면** 이 위기를 쉽게 벗어날 수 있다는 뜻이기도 하다. …'폭풍 속의 산장'이나 '절해의 고도' 같은, '클로즈드 서클'을 무대로 한 고전 미스터리의 세계관을 보란 듯이 망쳐 버리는 근대 과학 아이템이지만, 지금은 이걸 의지하기로 하자.

하지만 이 방 어딘가에 설치되어 있을 전파 방해기를 찾아낼 수단은 없다. 있다는 걸 아는 이상 샅샅이 꼼꼼하게 찾아보면 언젠가는 찾을 수 있겠지만, 그건 한쪽 발로 지뢰를 밟고 있지 않을 경우의 이야기다.

※애거서 크리스티의 저서인 〈에르퀼 푸아로 시리즈〉에 관한 언급. '푸아로'는 대표적인 안락의자 탐정으로 손꼽히며 '회색 뇌세포'는 그를 가리키는 대명사 같은 것이다.

요컨대 이 방 안에서 안테나가 뜨게 만드는 건 불가능하다.

잊고 살기 일쑤지만, 스마트폰의 가장 큰 장점은 내포된 기능에 비해 작고 가볍다는 것이다. 운반성이 뛰어나다는 것이 최대의 기능이다. 소형화에 성공했기에 이만큼 세계적으로 보급된 것이다.

지뢰를 밟은 상태라도 팔은 양쪽 모두 자유로우니 이 방에서 밖으로, 다시 말해서 통화권 밖에서 안테나가 뜨는 곳으로 작고 가벼운 단말기를 화려하게 던지면 그만이다.

튼튼하다는 것도 최근 스마트폰의 장점 중 하나다. 물론 아이스하키의 퍽 대신 사용해도 깨지지 않는다는 지샥G-SHOCK만큼은 튼튼하지 않을 테니, 쿠션 대신 웃옷을 벗어 꼼꼼히 감싸는 정도의 배려는 필요할 것이다.

좌우간 던질 곳이 **창밖**이니.

전파 방해기의 효과 범위가 어느 정도일지는 추측만이 가능한 상황이지만, 저격에 이용한 총이나 지뢰를 비롯한 다른 도구들을 통해 추측건대 군용품 수준의 기능을 지녔을 것이라 보아도 결코 호들갑은 아닐 거다. 설마 전자기 펄스(EMP) 급까지는 아니겠지만 실내에서 복도를 향해, 언더스로로 던지는 정도로 스마트폰이 본래의 기능을 되찾을 것이라고 낙관할 상황도 아니다.

몇 미터 정도로는 안 된다.

그런 의미에서 창밖으로 투척하면, 다시 말해서 복도가 아니라 아래층으로 던지면, 평행 이동이 아니라 수직 이동으로, 고층에서 지면까지 몇 층에 해당하는 수십 미터의 거리를 단번에 벌 수 있다.

어디까지나 전파 방해기가 설치된 중심점이 이 방일 것을 전제로 한 대책이지만 (건물 전체 이곳저곳에 설치했다면 아마 1층도 통화권 밖일 것이다) 그래도 저쪽이 지뢰를 폭발시켜 유사 미끼인 나와 함께 증거를 인멸하고자 하고 있다면 아주 방향성이 틀린 계획은 아닐 거다.

이건 명탐정의 흉내가 아니다.

누명왕의 감이다, 절대로 빗나가지 않을 거다.

게다가 예상과 달리 낙하한 스마트폰이 기대했던 기능을 발휘하지 않는다 하더라도 최소한 다잉 메시지는 남길 수 있다. 전화 기능이 아니라 메시지 통신 앱을 이용할 생각이니 말이다.

통화권 밖에서는 당연히 통신이 안 되지만 안테나가 뜨는 곳으로 이동하면 입력된 메시지를 재송신해 주는 기능이 있는 앱이다. 의도한 대로만 되면 지면에 착지함과 동시에 SOS 메시지가 발송될 거다.

의도라기보다는 희망사항이지만… 그게 불발로 끝나더라도 송신하려고 했던 이력은 앱 안에 남는다. 최소한 내가 자살한 것으로 처리될 일은 없어진다. 부주의해 보이기는 하겠지만 개

인정보 보호를 신경 쓸 때가 아니니 비밀번호는 해제해 두기로
했다.

물론 이제 와서 내 목숨이 아깝다고 다른 탐정에게 도움을 구
할 수는 없는 일이다. 쿄코 씨가 저격당했다는 사실 등이 줄줄
이 드러나기라도 하면 그야말로 주객이 전도되는 꼴이니. 그러
니 이미 사건을 파악하고 있는 이 지역 경찰에게 도움을 구하
는 게 도리에 맞다. 저격수가 체포되지 않는 한 쿄코 씨가 저격
당한 사건, 그리고 거슬러 올라가서 입원 중인 간부가 저격당한
사건과 관련된 수사반은 해산되지 않을 테니 말이다.

디지털 기술의 진보에 감사해야겠다. 전파 방해기도 디지털
기술의 산물이라 심경이 복잡하기는 하지만… 나는 현재 상황과
알게 된 사실을 최대한 자세히, 시시콜콜한 것까지 입력하고 메
시지 송신 버튼을 눌렀다.

당연히 송신 실패 표시가 떴다.

상관없다.

나는 웃옷을 벗어 스마트폰을 이중, 삼중으로 겹겹이 감쌌지
만 그러고도 고층에서 정밀기기를 떨어뜨리려니 불안해서, 위에
입은 언더웨어까지 벗어 상반신 알몸 상태로 그 위에 칭칭 덧씌
웠다. 만약 한 발로 지뢰를 밟은 상태가 아니었다면 바지도 벗
어서 덧씌우고 싶었지만 이게 지금 가능한 최선이다… 될 대로
되라, 하고 나는 창문을 향해 그 천 덩어리를 집어던졌다.

발을 구를 수 없다기보다는 계속 발을 구르고 있는 상태라 투척한 물건이 창문까지 가지 않는 꼴사나운 일이 벌어지지 않을까 걱정이었지만 아슬아슬하게 창틀에 한 번 튕긴 후, 내 스마트폰은 건물 밖으로 낙하하기 시작했다. …내가 던지기는 했어도 저질러 버렸구나, 싶은 느낌은 금할 수가 없었고, 무사하기만을 기도할 수밖에 없었다.

이 지역 경찰에 지뢰 처리반이 있을지 어떨지는 둘째 치고… 명색이 누명왕이라는 작자가 당연하다는 듯이 경찰을 의지하기로 한 것은 그럭저럭 신선한 체험인 듯했다.

아아, 할 일이 없어지자마자 다리가 저리기 시작했다. 가능하다면 오른발과 왼발을 교대하고 싶었지만, 그런 짧은 틈새도 이 원시적인 지뢰는 용납해 주지 않으리라. 생각 끝에 나는 지뢰를 밟은 발을 반대쪽 발로 꾹 밟아서 고정했다. 저리기 시작한 다리에 쥐가 나서 의도치 않게 들리는 것을 방지하기 위해서다.

두 다리의 감각이 없어지기 전에 구조대가 오기를 기대하자. 아니 뭐, 누명왕으로서 장담을 하자면 일본의 경찰은 우수하다. 그중에서도 그 뛰어난 기동력은 특필할 만하다. 신고가 접수되면 평균적으로 10분 이내에 현장으로 달려가는, 가장 빠른 탐정은 아니지만 가장 빠른 법 집행기관인 것이다.

근육을 풀기 위한 스트레칭이라 생각하고, 이 불편한 자세를 유지한 채 느긋하게 구조대가 오는 걸 기다려 보실까.

4

아침이 되었다.

마치 영원히 끝나지 않을 듯한 밤이었지만 어쨌든 아침이 왔다…. 구조대는 오지 않았다.

어딘가에서 계산착오를 한 것으로 볼 수밖에 없는 사태다. 잠들면 기억이 리셋되는 쿄코 씨가 밤을 새우는 걸 돕느라 4~5일 정도 밤을 새운 적이 예전에 있었는데, 그 120시간보다 길게 느껴지는 밤이었다.

아니, 자백하자면 그때 계속 밤을 새웠던 것은 쿄코 씨뿐이고 나는 의외로 푹 잤으니, 끽해야 하루 밤을 새운 정도로 비교하는 건 염치없는 짓 같지만, 아무튼 그때의 쿄코 씨도 발로 폭탄을 내리 밟은 채 깨어 있었던 것은 아니다.

만약 한순간이라도, 깜박 졸기라도 하면 나는 기억이 삭제되는 정도가 아니라 존재 자체가 삭제된다. 카쿠시다테 야쿠스케에게는 오늘 밤밖에 없다 말해도 과언이 아닐 정도였다.

그런 환경이다 보니 1분이 하루처럼, 1초가 일주일처럼 느껴졌다. 밤에 잠을 잘 수 없다는 게 이렇게 괴로운 일일 줄이야. 하다못해 스마트폰이라도 있었으면 동영상을 보며 시간을 죽일 수 있었을 텐데… 젠장, 나는 왜 스마트폰을 던지고 만 걸까. 그야 목숨이 걸려 있었기 때문이지만, 하다못해 문고본이라도 웃옷 주머니에 넣어 두었더라면… 아아, 웃옷도 같이 던져 버렸던가.

유리가 끼워져 있지 않은 창문으로 아침 해가 들이쳤을 때는 지뢰를 밟은 채 천명天命이 다해, 하늘에서 마중이라도 온 줄 알았다.

아침이 오건 하늘에서 마중이 오건, 구조대는 오지 않는다. 왜지?

생각할 수 있는 가능성은 두 가지뿐이다(안 그래도 내 망라 추리 능력은 부족했지만, 몽롱한 현재 상태에서는 두 가지의 가설 정도만 떠올랐다). ①전파 방해기의 유효 범위가 생각보다 넓었다. ②창문으로 던진 스마트폰이, 옷으로 감쌌음에도 불구하고 착지와 동시에 당연하다는 듯이 박살 났다.

으음~ ②번이려나아.

내가 그렇지, 뭐.

그럴 경우, 송신 실패 이력 또한 아무도 못 볼 것이다. 박살 난 스마트폰 안에 든 데이터를 디지털적으로 복원하는 수고를 해 줄 리가 없지 않은가, 심지어 누명왕의 소지품인데.

그렇다면 하염없이 구조대가 오기를 기다리느라 하룻밤을 허비한 셈이 된다. 다리 저림을 참는 것도 이제 한계다. 이건 이제 저림이 아니라 마비라고 봐야 할 것 같다. 아무 감각도 없다. 다리가 나무 막대처럼 뻣뻣해졌다는 관용구의 의미를 설마 한 걸음도 걷지 않고 체감하게 될 줄이야.

희한하게도 이렇게 되고 나자 자연스럽게 생각이 긍정적인 방향으로 흐른다··· 있지도 않은 희망을 찾기 시작했다. 혹시 이 지뢰는, 장난감이 아닐까? 따위의 의심이 싹트기 시작했다.

그도 그럴 것이, 하룻밤 동안 폭발 안 했으니까. 내가 이 저격 사건에서 발이 아니라 손을 떼게 하기 위한 거짓 위협은 아닐까? 디자인은 누가 봐도 지뢰지만 안은 텅 비어 있는, 휴대전화 실물 모형 같은 속임수는 아닐까··· 진짜이기는 해도 화약이나 신관은 사전에 제거해 뒀을 수도 있고.

그렇다, 나 같은 걸 죽여서 뭘 한단 말인가?

그야말로 무익한 살생이다.

대기업 간부나 쿄코 씨를 죽이지 않았듯이 저격수이자 지뢰 설치자인 범인은 나도 죽이지 않을 것이라고 유추하는 것이 미스터리 작품적인 귀납법이 아닐까? 그렇다면 이러고 있을 때가 아니다. 잠시나마 내 등 뒤까지 다가왔던 범인을 한시라도 빨리 쫓아야 한다··· 그런 자기중심적인 논리를 세운 나는 대략 여섯 시간 만에, 체감상으로는 60년 정도 만에 일어나려 했다.

그렇다는 자각은 없었지만, 이건 그냥 편해지고 싶은 것뿐이다. 계속해서 판돈을 잃은 도박꾼이, 게임이 계속되는 데에 따른 정신적 중압감을 견디지 못해 찔끔찔끔 따기를 포기하고 판

돈을 모두 걸어 큰 거 한 방을 노리려는 것과 같다.

그런 의미에서 천만다행이었다. 나무 막대처럼 뻣뻣해진 다리에 똑바로 힘이 들어가지 않아서, 일어서려 해도 상체조차 꿈쩍도 할 수 없었던 것은. 왜냐하면, 어째서인지 뜬금없이 근성에 발동이 걸려서 포기하지 않고 2차 도전에 나서기 직전에,

"아, 찾았다 찾았어~ 카쿠시다테 씨, 오랜만에 뵙네요~"

라는 말과 함께.

전파 방해기와 지뢰가 설치된 방의 입구에서 쿄코 씨가 빼꼼 모습을 나타냈기 때문이다. …정말로 벽 너머에서 고개만 빼꼼 내민 데다 '오랜만에 뵙네요'라는, 망각 탐정에게는 절대로 듣고 싶지 않은 말까지 하면서.

게다가 패션도 문제다.

어째서 쿄코 씨가 여기 있는 건지, 잠기운이 한계에 도달한 내가 환각을 보고 있는 건지 의심하기 이전에 끝없이, 홍수처럼 의문이 솟아나는 패션… 현실에 얽매인 내 빈곤한 상상력으로는 오히려 절대로 떠올릴 수 없을 만큼 촌스러운 잠옷 차림이었다.

상체가 알몸인 내가 할 말은 아닌 것 같지만 너무도 촌스러운 나머지 잠이 확 깼다. 아니, 잠이 확 깬 정도가 아니라 100년의 사랑도 식어 버릴 만큼 촌스러운 파자마다. 무늬, 디자인, 사이즈, 옷매무새, 그 모든 것이 촌스럽다. 수치심에 괴로움을 주는 게 목적인 형벌로나 입힐 만한 파자마다.

그러고 보니 수술 후 시간이 꽤 흐른 데다 입원 기간이 길어지고 있는데 계속 환자복을 입을 수는 없다며 적당히 준비하는 듯했는데… 정말로 적당히 고른 걸로만 보이는 차림새다.

이게 그 모든 분야의 베스트 드레서 상을 휩쓸었던 MVP 쿄코 씨란 말인가? 저런 차림새로 멀리 떨어진 병원에서 이 건물까지 왔다고? 미스터리 용어에 대한 의미 기억뿐 아니라 패션 분야에 관한 의미 기억까지 잃은 건가?

그 탄환이 앗아 간 것들이 생각보다 많은 듯하다.

그렇게 생각하면서 환각일지도 모른다기보다는, 환각이기를 바라지 않을 수 없는 쿄코 씨의 이마를 보니 하얀 머리에 가려져 잘 보이지 않았지만 아무래도 반듯하게 접힌 거즈가 의료용 테이프로 붙어 있는 듯했다.

잠깐만. 뭐야, 저 간단한 조치는….

이마에 혹이 난 것도 아닌데.

내 팔이 부러졌을 때도 저것보다는 제대로 조치를 해 주었는데… 다행스럽게도 경과가 좋다는 증거인지도 모르지만, 주치의가 하다못해 그 과일 포장용 그물망 같은 거라도 씌워 줬으면 좋았을 텐데.

"쿄… 쿄코 씨, 맞으시죠?"

"네. 오키테가미 쿄코예요. 탐정인지 뭔지는 아니지만요. 카쿠시다테 씨."

"어, 어째서… 이런 곳에?"

분명 나는 구조대가 오기를 애타게 기다리고 있었다.

그리고 정신을 차려 보니 너무도 허술한 근거를 가지고 이 지뢰를 가짜로 단정한 것도 모자라, 그걸 예리한 분석이라 믿고 일어나려 하고 있었다. …촌스러운 파자마 씨가 갑자기 찾아오신 덕분에 그 어리석은 짓을 아슬아슬하게 멈출 수 있었다 해도 과언이 아니다.

그런 의미에서는 아무리 감사 인사를 해도 부족하리라.

하지만 구태여 불평을 하자면 가장 빠른 탐정의 구조치고는 애석하게도 너무 느리다. 진짜 망각 탐정이라면 내가 지뢰를 밟은 다음 순간쯤에 벽 너머에서 고개를 빼꼼 내밀었을 거다. 물론 번화가에서 명품 옷으로 갈아입고서.

다시 말해서 본인의 말대로 가장 빠른 탐정으로서 나타난 게 아닌 데다 나를 구하러 온 것으로 보이지도 않는다. 어째서 자신의 머리를 저격한 저격수가 있었던 것으로 추정되는 이 방을 (아침까지 기다렸다가) 찾아온 거지?

"아~ 어젯밤 늦게, 형사님한테 연락을 받았거든요~"

쿄코 씨의 말이 느리다. 사소한 부분이지만 평소에는 훨씬 시원하게, 쏟아 내듯이 말했었다. 말하는 속도까지 떨어졌다. 생각을 하면서 말을 하고 있는 듯한데, '생각을 한다'는 행위 자체가 내 눈에는 기묘하게 보였다.

"'저희의 힘이 부족해서 불기소 처분된 용의자에게서 범행 성명으로 추측되는 이상한 메시지가 접수되었습니다만, 만약을 위해 여쭙겠습니다. 신변에 이상은 없으십니까'라는 내용이었거든요~"

신고도 유서도 아닌 범행 성명으로 인식됐다.

아무래도 쿠션은 제 역할을 다 한 것 같지만, 그래서 구조대가 오지 않은 거군. 심지어 의외로 내 용의가 아직도 안 풀렸다.

하지만 무턱대고 나무랄 수는 없는 일이다.

평화로운 일본에서 지뢰를 밟았으니 구조해 주시기 바랍니다, 라고 신고를 해 봐야 악질적인 장난으로 여길 게 뻔하다는 관점이 빠져 있었다. 위기감을 공유하는 데 실패한 거다.

설마 거기까지 계산하고 지뢰를 흉기로 사용한 건 아니겠지만… 내 머리가 조금만 더 잘 돌아갔다면 발치의 사진을 찍어 첨부하는 정도의 조치는 취했을 텐데(통화권 밖에서 스마트폰은 무용지물이라고 단정했던 게 잘못이다. 사진은 찍을 수 있었는데)….

과연, 경찰이 오지 않은 이유는 알았다.

그런데 쿄코 씨는 왜 온 거지?

제발, 탐정의 감에 따라 온 거였으면!

"딱히 이상은 없습니다, 수상한 남자도 최근에는 전혀 모습을 보이지 않습니다, 라고 답장을 하고 금방 잠들었는데 병원에서 계속 누워 지내다 보니 일찍 일어나는 게 습관이 되어서, 어차피 시간도 남아도니 지뢰 같은 게 진짜로 있다면 보고 싶다는 생각에, 전해들은 주소로 산책을 나온 거예요."

이런 걸 두고 강 건너 불구경이라고 하는 걸까.

지적 호기심도 아니고 그냥 호기심이 동해서, 평범한 사람이라면 그냥 헛소리로 단정 짓고 말 지뢰라는 단어에 이끌려, 구경꾼 정신에 불이 붙어, 나보다도 생각 없이 어슬렁어슬렁 찾아온 것이다. 예상은 했지만 탐정의 신비성 따위는 저 머릿속에 한 조각도 남아 있지 않다.

보안장치는 내가 꺼 뒀으니 침입 자체는 간단했겠지만… 병원에서 계속 누워 지냈다느니, 너무 자서 일찍 깨는 게 습관이 됐다는 건 그냥 생활 습관이 엉망이 됐다는 소리잖아. 게다가 은근슬쩍 수상한 남자라고 하다니.

가혹한 환경에서 밤샘 작업을 하던 몸으로서는 울컥할 수밖에 없는 한마디였다. 쿄코 씨가 4일인지 5일인지 밤을 새웠을 때, 옆에 있던 나한테 상당히 화풀이를 했었는데 이제야 그땐 그럴 수밖에 없었다는 생각이 들어 진심으로 납득이 되었다.

아무튼… 탐정의 감에 따른 게 아니었다 해도 새로운 사건 현장에 나타난 것은 '쿄코 씨가 탐정이라는 증거'라는 식으로 구차한 해석을 하지 못할 것은 없을 듯하다.

그렇지만 내게는 최악의 상황이다.

요청한 도움은 의도치 않은 말 전달 게임으로 변질되었고 그 결과 피해자가 늘어날지도 모르는 사태를 초래하고 말았다. 탐정이 아닌 일반인인 것도 모자라 구사일생한 중환자를 지뢰가 있는 곳으로 부르다니, 억지 동반자살을 노렸다고 의심을 사도 변명할 여지가 없을 것 같다. 내가 무슨 짓을 한 거람. 이렇게 되고 보니 또다시 유사 미끼 노릇을 한 것 같다… 심지어 이번에는 범인이 의도한 바조차 아닌 듯한데.

"어머~ 그리고 진짜로 지뢰네요. 거짓말이 아니었구나. 헤에~ 어쩐지 처음 본 것 같지가 않네요~"

쿄코 씨는 전혀 겁을 내지 않고 내 발치를 뚫어져라 쳐다보았다. …지뢰를 보고 처음 만난 사이 같지가 않다는 투로 말한들 난감할 따름인데.

왜 저렇게 지뢰에 관심이 많은 거람.

"쿄, 쿄코 씨. 지금 당장 이곳을 떠나십시오. 언제 폭발해도 이상하지 않으니까요. 최대한 이 방에서 멀리…."

"하아. 정 그러시다면."

지뢰를 좀 더 구경하고 싶었던 것인지, 쿄코 씨는 아쉬운 듯이 고개를 끄덕이더니 빙글 발걸음을 돌려 방에서 나갔다. …어? 저기, 너무 냉정한 거 아녜요? 왜 떠나갈 때는 행동이 잽싼 건데요? 따지고 보면 나는 쿄코 씨를 위해서 이 범행 현장을 검증하러 온 건데. …어쩔 수 없다며 나 자신을 설득할 수밖에 없으려나.

지금의 쿄코 씨는 탐정이 아니니까.

수수께끼를 풀거나 사건을 해결하거나 범인을 특정하기보다 자신의 신변의 안전을 확보하는 걸 우선시하는 건 당연한 일이다…. 게다가 아무리 회색 뇌세포가 제 기능을 하지 않게 되었다 해도, 상황이 이렇게 되었으니 탐정이 아니더라도 선량한 일반 시민으로서 경찰에 연락해 줄 것이다.

저격수에게 저격을 당한 쿄코 씨의 말이니 지뢰라는 단어도 장난으로 치부되지 않고 설득력을 띨 거다…. 그렇다면… 지뢰 처리반이 도착할 때까지 10분, 넉넉하게 잡아 20분 정도 걸리려나?

내 다리가 버텨 줄까?

골인 지점이 눈에 보이기 시작하자 오히려 무리라는 생각이 든다…. 실제로는 그냥 졸린 것뿐인지도 모르지만 의식이 멀어지는 게 느껴진다. 10분은커녕 1초나 버틸 수 있을까 의심되기 시작한 그 순간.

"오래 기다리셨어요~"

쿄코 씨가 돌아왔다. 빠르다. 신속하다.

갑자기 최고 속도를 되찾은 듯 빨리 돌아와서 놀란 직후, 가지고 돌아온 물건을 보고 다시 놀랐다…. 잠시 외출했다가 사 온 선물치고는 너무도 실용적이었다. 하지만 이 가장 빠른 귀환의 원인을 그다지 멀리 가지 않았기 때문으로 해석하면 납득이 되는 물건들이었다. …쿄코 씨가 짐수레에 싣고 온 것은 주로 속건速乾 시멘트 포대였다.

그 밖에도 용기와 물, 뒤섞을 막대와 흙손, 양동이, 국자 등… 공사 현장에 흔한 도구들로, 짐수레를 비롯해서 양옆의 방을 뒤지면 그리 어렵지 않게 한 세트를 갖출 수 있을 듯한 물건들이 보였다.

빨리 돌아올 만도 했다.

그런데… 웬 시멘트 포대지?

설마 콘크리트로 바리케이드라도 만들려는 건가? 그걸로 문 부분을 막아서 지뢰의 폭발 피해를 최소한으로 억제하려는 생각인가? 아니, 그러면 피해는 최소한으로 줄일 수 있을지도 모르지만 그 최소한의 피해 범위 안에 내가 있다는 사실에는 변함이 없는데….

"쿄코 씨, 경찰은요? 경찰이 맞을지 자위대가 맞을지 모르겠지만…."

"죄송해요, 저는 휴대전화가 없어서요."

그랬다.

기밀 유지를 절대적 신조로 여기는 망각 탐정이 아니게 되었는데도, 입원해 있는 동안 통신사와 계약을 하지는 않은 것이다. 스마트폰의 존재를 알고 기억하고는 있는 듯하지만. 촌스

러운 파자마를 사러 갈 시간이 있었으면 휴대전화나 사 올 것이
지….

"그래서 그 대신 시멘트를 가져왔어요."

시멘트 포대를 휴대하다니, 쿄코 씨는 내 후임으로 이 현장에
고용되기라도 한 걸까. 프로 레슬링 업계 용어로 진지한 승부,
진검 승부를 시멘트*라고 하기도 한다지만, 어째서 이 일에 저
렇게 진심인 거지?

쿄코 씨는 내 질문에 답하지 않고 콘크리트를 만들기 시작했
다. 현장에서 일했던 인간으로서 말하자면, 솜씨가 제법 그럴싸
했다. 마치 튀르키예 아이스크림이라도 만드는 듯한 경쾌함마저
느껴진다. 기억을 잃어 특유의 맹한 분위기가 강화된 줄 알았더
니, 손재주는 여전히 건재한 모양이다.

그런 생각을 하고서 다시 보니 촌스러운 파자마가 더러워져도
괜찮은 독특한 작업복처럼 보이기 시작했다. 공사 현장에서는
사고에 휘말리지 않도록 눈에 띄는 복장을 할 필요가 있으니 썩
나쁜 아이디어는 아니다. 건재健在함을 건축재建築材로 증명하다
니, 다른 상황이었다면 순순히 감탄했겠지만….

"액체 질소가 있으면 좋았겠지만, 근처에는 안 보이더라고요."

※진검 승부를 뜻하는 또 다른 용어로 '가친코(ガチンコ)'가 있는데 이는 단단한 것들이 부딪히는
모양을 표현한 의태어이다. 시멘트의 일본어 발음인 세멘토(セメント) 역시 '단단하다'는 이미지가
연상된다는 이유에서 업계 용어로 사용되고 있다.

"네? 그게 무슨….."

그게 무슨 뜻인지, 쿄코 씨는 행동으로 말해 보였다.

완성된 튀르키예 아이스크림… 아니, 걸쭉한 콘크리트를 국자로 퍼서 여름에 집 앞의 기온을 낮추려고 물을 뿌리듯 내 발에 뿌린 것이다. 걸쭉한 물체가 미끄덩거리며 기분 나쁘게 내 신발에 들러붙었다.

내 신발…이라기보다는, 지뢰에.

"아… 아아. 아아."

그제야 나는 쿄코 씨의 의도를 알아챘다. …한번 알아채고 나자 다른 설명이 필요 없을 만큼 명확하게 모든 것을 이해할 수 있었다.

바리케이드를 만들려는 게 아니다.

쿄코 씨는 지뢰를 콘크리트에 **묻으려 하고 있는 것이다.** 심지어 내 신발과 함께. 감압판과 신발을 일체화시켜 단단하게 고정할 생각이다. 내가 마비된 발로 체중을 싣지 않아도 스위치가 꼼짝도 않도록.

"아직은 신발을 벗지 마세요. 속건성이라지만 화학 반응을 일으키려면 시간이 좀 걸리니까요."

"아… 네에. 괘, 괜찮을까요, 이거?"

무엇을 하려는지는 알았지만 겁이 날 수밖에 없었다. 솔직히 말해서. 이렇게 난폭하게 폭발물을 처리해도 되는 걸까? 액체 질소를 사용하는 경우에도 폭약을 냉각 처리하는 것이긴 하지만, 마찬가지로 굳게 만드는 것이어도 콘크리트가 화학 반응을 일으키면 상당한 열이 발생하는 것으로 알고 있기 때문이다….

폭발물과 열은, 상성이 최악 아닌가?

그렇다고 해서 섣불리 움직이면 신발뿐 아니라 내 발까지 콘크리트와 함께 굳어 버릴 수도 있어서 조금 전보다 더더욱 꼼짝도 할 수가 없었다. 공사 현장에 적합한 완전 방수 신발이라 다행이다… 라고 해도 되는 상황이 맞는 걸까.

"괜찮을 거예요~ 사실 이건, 기본적으로 진흙을 반죽해서 하는 응급조치니까요. 그에 비하면 일본에서는 시멘트를 사용할 수 있으니 한결 수월하죠."

귀찮아졌는지 결국 중간부터 국자를 쓰지 않고 양동이로 콘크리트 반죽을 내 발에 들이부은 후, 쿄코 씨는 아침부터 한바탕 일을 마친 사람 같은 표정을 지었다. …진흙으로, 이걸? 이런 짓을?

응급조치가 아니라 대증요법對症療法이라 해야 하지 않을까.

심지어 쿄코 씨는 변변한 자재도 없는 장소에서 하는 지뢰 처리 수법을 당연하다는 듯이 제시했는데… 애초에 내가 하룻밤 동안 끙끙댔던 지뢰 문제에 아주 간단하게 해결책을 내놓은 것 자체가 이상하다.

그도 그럴 것이 쿄코 씨는 미스터리 용어의 의미 기억과 함께 탐정으로서의 능력을 잃었기 때문이다. 그런데 이 가장 빠르다고 표현할 수밖에 없는 일처리는… 마치 망각 탐정이 돌아온 것 같지 않은가.

느긋하게 지각해서 온 데다, 패션은 사멸적으로 촌스럽고, 산뜻한 캐치프레이즈 같은 대사도 날리지 않았지만 이 대응력은 내 머릿속에 있는 쿄코 씨의 이미지와 조금도 다르지 않았다.

내가 유도에 유도를 거듭해 이끌어 냈던, 요전의 답답한 해결편이 현실이었는지 의심될 정도다.

…혹시, 지뢰가 미스터리 용어가 아닌 덕분인 걸까? 다시 말해서 지뢰 처리는 탐정의 업무 범주에 포함되지 않아서 이전과 변함없는 재능을 발휘할 수 있는 건가…? **이전과 변함없는 재능**?

그건 **무엇**과 비교했을 때의 이야기지?

기억이 리셋되지 않게 되었다 한들, 그건 어디까지나 두 번째 저격을 당하고 나서의 이야기일 뿐, 그 이전의 기억이 되살아난 것은 아니다. 어제를 되찾았다 한들 한 번 사라진 공백 기간이 복원된 것은 아니다. 몸이 기억하는 기억은 사라지지 않는다고들 하지만… 그렇다면 대체 그녀의 몸은 무엇을 기억하고 있는 걸까?

이러면 마치 쿄코 씨가 **전직 군인** 같지 않은가…. 그것도 지뢰가 널리고 널린… 아니, 깔리고 깔린 가혹한 전장에서 사선死線

을 넘어 온 전직 군인. 흘려듣고 말았지만… **지뢰를 처음 본 것 같지가 않다**, 라고?

그건 너무도 망각 탐정의 이미지와는 동떨어진… 도무지 받아들이기 어려운 불협화음으로 가득한 가설이지만 그렇게 생각하지 않으면 이 사태가 설명되지 않는다.

기억하고 말고는 둘째 치고 과거에 해 본 적이 없는 한, 보통은 지뢰를 콘크리트로 고정하면 된다는 생각이 떠오른다 해도 실행에 옮기지는 않을 거다. 애초에 지뢰가 있는 방에 아무렇지 않게 들어온 시점에서 정상적인 정신머리라 볼 수는 없다. 설령 휴대전화가 없다 해도 보통은 공중전화를 찾을 것이다.

이건 경찰 조직이나 통신망이 기능하지 않는 곳에서의 해결법이다.

"이제 신발을 벗어도 괜찮지 않을까요, 카쿠시다테 씨?"

"아… 네."

지뢰를 앞에 두고도 도망치지 않고, 그 자리에 있던 도구로 해결해 주려 한 데에는 감사한 마음뿐이지만, 솔직히 말해서 쿄코 씨가 해 준 난폭한 조치에는 전혀 믿음이 가지 않았기 때문에 이건 이 상태로 두고 경찰을 불러와 줬으면 좋겠지만(창문 밖 아래 어딘가에 내 스마트폰이 떨어져 있을 테니)… 아니.

잠깐, 이 상황을 이용해 모습을 감출 수는 없을까? 나를 처리하기 위해 지뢰를 사용할 만큼 범인은 철저하다. 지금 이 상황을 넘긴다고 쿄코 씨와 나의 안전이 확보되는 것은 아니다.

하지만 폭발을 지켜볼 생각으로 멀리서 이 건물을 감시하고 있다면, 다시 말해서 적의 움직임이 마치 콘크리트처럼 고정되어 있는 지금이라면 안전권으로 도망칠 수 있지 않을까? 경찰이 사이렌을 울리며 달려오는 걸 보면 범인은 그 즉시 다음 대응에 나설 것이다. …그 전에 소리도 없이, 이 공사 현장에서 몰래 빠져나갈 수 있다면 나는 저격수이자 지뢰 설치자인 범인의 의표를 찌를 수 있다.

어디까지나 그럴지도 모른다는 거지만… 선수를 칠 수 있는 타이밍은 지금뿐이다.

그렇다면.

"알겠습니다. 쿄코 씨, 만약을 위해서 먼저 밖으로 나가 주세요. 그걸 확인하고서 발을 뺄 테니까요."

"무슨 소릴 하시는 거예요, 카쿠시다테 씨."

쿄코 씨는 나와 눈높이를 맞추듯이 가볍게 웅크려 앉았다. 그리고 살며시 미소 지었다.

"혼자 두지 않겠어요. 그리고 저를, 혼자 두지 말아 주세요."

"……."

뭔가, 탐정이 아니게 되고서, 성격이 좋아진 것 같은데?

5

곰곰이 생각해 보니 망각 탐정이었어도 지뢰를 밟은 의뢰인을 모종의 방법으로 구해 주었겠지만, 그럴 경우 폭사하기 직전인 의뢰인을 상대로 때는 지금이라는 듯이 의뢰비 흥정을 했을 것 같다. 내가 아직 전 재산을 쥐어짜이지도, 큰 빚을 지지도 않은 것이 신기할 따름이다. 그렇게 생각하면 수전노가 아니게 되었으면 좋겠다는 나의 기대는 의외로 달성된 것인지도 모르겠다.

설마 대가도 받지 않고 구해 줄 줄이야. 그 구두쇠한테는 있을 수 없는 일이었을 텐데.

그렇다면 망각 탐정은 쿄코 씨에게 마이너스 요소에 불과하지 않을까 싶을 정도지만 그건 둘째 치고, 이때 내가 생각한 '안전권'이란 당연히 병원으로 돌아가는 게 아니었다.

오키테가미 빌딩이다.

이 건설 중, 혹은 해체 중인 공사 현장과는 비교도 되지 않는, 철통같은 보안을 자랑하는, 완성된 오키테가미 탐정 사무소 말이다. 그 요새라면 우리의 안전은 완벽하게 보장된다고 해도 과언이 아니다. 그리고 두말하면 입이 아프겠지만, 다른 의도도 있었다.

그곳은 직장인 동시에 자택이기도 하니, 퇴원한 건 아니지만 하루 외출 허가를 받아서 집에 돌아가 보면 쿄코 씨의 사라진 기억이, 다시 말해서 관통당한 미스터리뇌[*]가 자극을 받지 않을까, 하는 의도다.

"네에…? 탐정… 사무소… 말씀이신가요? 제가 그곳에 살고 있었다고요? 왜요?"

조금 전까지 척척 지뢰 처리를 하던 사람은 어디 갔는지, 쿄코 씨가 가만히 고개를 갸웃했다. …'사무소'는 알아듣는 듯했지만 '탐정'이라는 말이 앞에 붙자 이해가 안 된다는 눈치였다. 하지만 말로 들었을 때는 도통 와닿지 않을지 몰라도 실제로 탐정 사무소 안에 들어가면 시각적으로 미스터리 용어에 둘러싸이게 될 테니, 문외한의 생각으로는 그걸 계기로 단숨에 사태가 호전될 가능성도 그럭저럭 높을 듯했다. 쿄코 씨가 수전노로 돌아가 버리는 건 다소 아쉽지만 범인이 해외로 도망치지 않고 쿄코 씨를 계속 노릴 가능성이 급부상한 이상, 쿄코 씨를 탐정으로 되돌리기 위한 노력은 계속해야 한다.

그 견고한 건물 안에는 쿄코 씨가 신봉하는 스나가 히루베에의 저서도 잔뜩 꽂혀 있을 테고… 무엇보다 침실 천장에 적힌 그 난잡한 글자도 있다. 기대해도 되지 않을까. 애초에 심인성 기억상실이 아니라면 이런 식으로 정에 호소하는 방법은 아예 소용이 없겠지만, 그렇다 해도 시도해 볼 가치는 있다. 적의 다

※○○뇌 : 2003년 출간된 모리 아키오의 저서 『게임뇌의 공포』에서 비롯된 말로 의학적인 근거는 없다. 서브컬처 계열에서는 무언가에 몰두해 있거나 중독된 사람, 사고에 대한 비유로 사용된다.

음 공격이 시작되기 전에….

또다시 성급하게 결론부터 말하자면, 이런 시으로 뭔가를 시작하기도 전에 다 된 일처럼 다음 단계로 넘어가는 게 성급한 나의 안 좋은 버릇일 것이다. 내가 겁을 집어먹고 신발을 벗기 위해 악전고투를 벌이는 동안 범인은 이미 세 번째 사건을 일으키고 있었다. 아무래도 좋은 존재인 내가 폭사하기를, 군인은 기다리고 있지 않았다.

첫 번째 사건이 쿄코 씨를 저격한 것, 두 번째 사건이 지뢰로 나를 공격한 것이라면, 세 번째 사건의 표적은 아닌 게 아니라 내가 도망칠 곳으로 선정하려 했던 그 오키테가미 빌딩이었던 것이다.

목격자가 말하기를.

장갑을 두른 거대한 전차가 무한궤도의 소리를 울리며, 3층짜리 건물인 탐정 사무소를 흔적도 없이 포격했다….

「오키테가미 쿄코의 지뢰원」 명기銘記

오키테가미 쿄코의

감찰표

제3화

오키테가미 쿄코의 자주포

1

첫 번째 범행에서는 탄환으로 직무 수행 능력을 상실시켰다.

두 번째 범행에서는 지뢰로 단골인 고객을 제거하려 했다.

그렇다면 세 번째 범행으로 전차를 이용해 탐정 사무소 파괴를 꾀한다는 것은, 지극히 합리적인 수순일 것이다. …적은 쿄코 씨에게서 '명탐정'이라는 요소를 완전히 빼앗으려 하고 있다. 단, 목적은 보이기 시작했지만 정체는 아직도 보이질 않는다. 저격총이나 지뢰라면 모를까 (이런 걸 당연하게 여겨야 하다니) 전차가 등장하니 군인이 아니라 군대를 상대하고 있는 듯한 기분이 든다.

명탐정이 자신의 유일한 정체성이었던 망각 탐정에게서 그 유일한 것을 빼앗아 대체 무엇을 하고 싶은 걸까?

쿄코 씨에게 무엇을 시키려는 걸까.

그 수수께끼를 풀 명탐정은, 이제 없다….

2

아무리 견고하기 그지없는 오키테가미 탐정 사무소, 통칭 오키테가미 빌딩이라 해도 전차에게 포격을 당하는 것까지 염두에 두지는 않았을 것이다. …철통같은 보안 체계는 어디까지나 불

법 침입자와 같은 범죄자나 끽해야 방화 정도의 공격을 염두에
둔, 굳이 말하자면 대인용으로, 병기를 사용한 물리적인 파괴
앞에서는 무력할 수밖에 없었다.

발사된 다섯 발의 포탄으로 빌딩은 무참하게 해체된 듯했다.
나의 옛 직장과 이곳 중 어느 쪽이 공사 현장인지 구분이 안 될
정도다. 해고된 작업원으로서는 적이지만 훌륭한 일솜씨라는 생
각에 감탄을 금할 수가 없었지만.

이렇게 되고 나자 내가 명탐정… 이 아니라 전직 탐정을 데리
고, 영리한 생각이랍시고 사무소 안으로 피신하지 않아서 다행
이라며 가슴을 쓸어내릴 수밖에 없었다. 아무리 망각 탐정이 두
번에 걸쳐 머리를 총에 맞고도 살아남았다지만… 오키테가미 빌
딩이 망각 탐정의 묘비가 될 뻔했다.

아니, 그 묘비 역시 흔적도 남지 않았다.

그 침실의 천장도 산산조각 났다….

오키테가미 탐정 사무소는 하룻밤 만에 이 세상에서 사라졌
다. …마치 그것이 마지막 리셋이라는 듯이.

오키테가미 탐정 사무소를 백 번은 들락거린 의뢰인으로서는
물론 일말의 아쉬움을 금할 수가 없었지만, 솔직히 말하자면 목
숨을 부지했다는 생각이 더욱 컸다. …지뢰만 해도 놀랄 일이었
건만 그것도 모자라 전차라니.

안전권 따위는 없다는 사실을 새삼 깨달았다.

결국 촌스러운 파자마 씨… 아니, 쿄코 씨는 병실로 돌려보내기로 했다. 초토화된 집을 보고 나보다 더 충격을 받지 않았을까 싶었지만, 그녀는 딱히 아무렇지도 않은 눈치였다.

맥이 빠지기는 했지만 그럴 만도 했다. 탐정으로서의 기억이 없으니 당연히 탐정 사무소에 관한 기억도 없을 테고, 파괴의 결과 생겨난 공백도 평범한 공터로만 보일 테니… 침울해 할 이유가 없는 것이다.

화전농업火田農業이라도 하는 걸까, 라고 생각하는 듯한 눈치였다.

창문이 없는 병실 역시 전차 포격을 견딜 수 있을 리 없겠지만 현실적으로 그녀는 아직 퇴원해도 될 상태가 아니었다. 실제로 사무소 터에서 곧장 돌아간 뒤 주치의와 간호사들에게 무단외출을 한 일로 호되게 혼이 났다.

그 쿄코 씨가 남에게 혼이 나다니….

호박에 침을 놓은 것처럼 유들유들하게 흘려 넘기는 모습만 보아 왔던 탓에 한편으로는 가슴이 후련해지는 광경이기도 했다.

뭐, 섣불리 도망치거나 숨기보다는 지금은 적이 파악할 수 있는 위치에 있는 게 좋을지도 모르겠다. …만약 전차로 쿄코 씨를 노릴 생각이었다면, 아닌 게 아니라 오키테가미 탐정 사무소 말고 다른 환자들도 있는 병원을 공격했을 테니.

첫 번째 범행의 저격총은 둘째 치고, 두 번째 범행의 지뢰와 세 번째 범행의 전차는 쿄코 씨 본인을 노린 것이 아니었다. 두 번째 범행 때는 지뢰를 밟은 의뢰인이 그녀를 위험지대로 끌어들인 것뿐이고, 세 번째 범행 때는 분명 그곳에 없다는 사실을 알고 포격한 것이리라.

목적은 어디까지나 쿄코 씨 본인이 아니라.

쿄코 씨에게서 탐정 자격을 박탈하는 것이다.

그렇다면 쿄코 씨는 쓸데없는 짓… 예를 들자면 얼빠진 의뢰인을 구하려 하는 짓 같은 걸 해서는 안 된다. 첫 번째 범행인 저격 당시 어쩌다 보니 내가 강요해 버린 것처럼, 범인을 쫓는다거나 수수께끼를 푼다거나 하는 '탐정스러운 행위'를 그녀가 하게 해서는 안 된다. 그건 쿄코 씨를 더욱 깊은 위험에 빠뜨리는 어리석은 짓이다.

범인에게 총을 맞고, 얌전히 입원해 있다.

이 시시하지만 당연한, 일반적인 행위야말로 쿄코 씨의 몸을 지키는 가장 좋은 방법이다. 그러니 생각하게 해서는 안 된다. 오키테가미 탐정 사무소를 쏜 문제의 전차는 대체 어디서 와서, 어디로 사라졌는가? 그 수수께끼를 전직 탐정이 풀게 돼서는 안 된다.

수수께끼를 풀지 않는 것이야말로 살아남기 위한 열쇠다.

…아니, 그것만큼이나 중요한 열쇠가 하나 더 있는데, 그건 두말할 것 없이 카쿠시다테 야쿠스케다.

나야말로 키 퍼슨key person이다, 믿기지 않지만.

왜냐하면 범인은, 범인이자 군인은 두 번째 범행에서 지뢰로 나를 처리하려다 실패했기 때문이다. 높은 확률로 재시도에 나설 것으로 예상된다.

다시 말해서 쿄코 씨가 병원으로 돌아가는 건 괜찮지만, 내가 그녀와 같은 장소에 머물러서는 의미가 없다. 오히려 최대한 병원에서 멀리 떨어져야 한다. 설령 내가 전차 포격에 당한다 해도 그녀가 휘말려 들지 않을 만큼 멀리.

혼자 두지 말아 주세요.

지뢰를 처리하던 도중에 쿄코 씨답지 않게 그런 말을 하기는 했지만… 미안하지만 지금은 혼자 둘 수밖에 없고, 혼자 있을 수밖에 없다. 게다가 그런 건 내가 아는 쿄코 씨가 할 말이 아니다. 상태가 이상해졌을 때 하는 말을 곧이곧대로 믿고 우쭐해져서 판단을 그르쳐서는 안 된다. 지금은 범인의 의도대로 계획이 진행되고 있다고 여기게 하는 것이 최우선 과제다.

어찌어찌 지뢰로부터는 도망쳤지만 사건에 고개를 들이밀었다가 죽을 뻔하자 겁을 잔뜩 집어먹고 짐을 꾸려 쏜살같이 도망쳤다… 그런 한심한 캐릭터인 척을 하는 거다. 다행히도 그런 이미지의 캐릭터는 나의 본질과 크게 다르지 않았다.

나를 모델로 한 캐릭터라 해도 과언이 아니다.

이미 범인은 해외로 도망쳤을지도 모른다고 낙관적인 걱정을 했었지만, 오히려 내 쪽이 도주하는 척을 하는 거다. 그렇게 하면 적도 일단은 공세를 늦출지도 모른다. 적에게도 휴식은 필요할 테니.

그 틈에 풀면 된다.

전차의 수수께끼를, 내가.

…그래, 맞다. 잘못 들은 것도, 잘못 말한 것도 아니다. 이 수수께끼는 내가 푸는 수밖에 없다. 쿄코 씨가 수수께끼를 풀게 하지 않기 위해서, 라는 이유만으로 하는 말이 아니다. 지극히 현실적인 필요성에 의한 것이다.

긴급사태였다고는 해도 고층 건물의 창문으로 스마트폰을 던진 것은 거듭 말하듯이 탁월한 해결책이 아니었던 것 같다. 낙하 중에 전파 방해기의 효과 밖으로 나간 스마트폰은 분명 공중에서 SOS 메시지를 발신해 주었지만 그로부터 약 1초 후, 쿠션 대신 옷으로 감쌌음에도 불구하고 지면에 착탄하며 당연하다는 듯이 부서져 있었다.

내 서투른 망라 추리 중 ②번은 정곡을 맞혔던 것이다.

다시 말해서 누명왕의 목숨줄이라 할 수 있는 주소록, 마니아들이 침을 질질 흘릴 명탐정 리스트의 데이터도 말끔하게 소실되었다. 위기에 빠진 탐정이 다른 탐정에게 도움을 구하는 것은 금기이고, 여차할 때는 금기를 깰 수밖에 없겠다고 생각했지만 결과적으로 내 손으로 퇴로를 끊고 만 셈이다.

쿄코 씨는 저격수에 의해 탐정의 자질을 빼앗기고 말았지만 나는 나대로 의뢰인의 자격을 잃어 가고 있다. 그것도 순식간에. 백업? 당연히 안 했다. 비밀 유지 의무를 절대 엄수하려는 건 아니지만 복사본을 남기기에는 꺼림칙한 데이터니까.

경찰에게도 도움을 구할 수 없다.

내 신용도가 바닥이라는 사실이 증명되었으니.

무시무시하게도, 전차 포격도 내가 한 짓이 아니냐는 의심을 받았을 정도다. 자택을 파괴당한 피해자인 쿄코 씨가 알리바이를 증명해 주어서 무사할 수 있었지만('알리바이'라는 단어의 의미를 잊은 쿄코 씨는 자신이 무엇을 '증언'했는지도 전혀 알지 못했지만).

그 점에 있어서 혼자가 아니라 다행이었다는 사실은 인정하지 않을 수 없다. 그런 의도로 쿄코 씨가 지뢰를 밟은 남자의 옆에 있어 준 것은 아니겠지만.

그런고로 이 누명왕이 계속해서, 질리지도 않고, 아주 끈덕지게도 탐정 역할을 맡게 되었다. …명탐정이 너무 유능해서 등장하는 즉시 수수께끼를 풀어 버리는 탓에 필연적으로 출연 기회가 줄어든 결과, 상대적으로 왓슨 역이 활개를 치게 되는 미스터리 작품을 떨떠름해 하며 읽어 온 독자로서는 못마땅한 전개이기는 하다. 그러므로 보기 싫다 싶은 분들은 그냥 에필로그까지 페이지를 넘겨 주셔도 상관없다.

여기서 읽기를 관두는 것도 방법이기는 하니까.

3

일본 국내에 전차가 없는 것은 아니다.

이벤트 등에 등장하는 일도 적지 않고 일반 도로를 이동하는 모습도, 그야 드물긴 하지만 의외로 보기 어렵지는 않다. …물론 건축물을 포격하는 모습은 논외지만.

이번에도 목격 증언은 쏟아졌다.

스마트폰을 던져 버린 탓에 그 소란을 직접 파악할 수는 없었지만, 내가 지뢰를 상대로 끙끙대고 있을 때, 인터넷에서는 그 일이 큰 화제가 되었던 모양이다. 심야의 유령 전차라는 이름으로.

그만큼 목격 증언이 많으면 내가 익숙하지도 않은 탐정 역할을 자청할 필요도 없이 범인이 체포되었을 법도 하지만, 그렇게 되지 않은 것이 의문이었다.

그야말로 유령 전차다.

무수히 많았던 목격 증언들이 어느 일정 지역의 일정 범위를 넘자마자 뚝 끊긴 것이다. 어디로 가 버렸는지는 물론이고 어디에서 왔는지도 알 수가 없다. 어느 포인트에 느닷없이 나타났다고 표현할 수밖에 없는 거다.

족적足跡을 쫓을 수도, 출처를 역추적할 수도 없다.

마치 스텔스 기술을 방불케 하는 현상이지만 그건 레이더 감지를 상정한 것으로, 사람들의 눈을 피하기 위한 것이 아니다. 물리적으로, 심지어 거대한 전차가 소실되는 일은 절대로 있을 수 없을 터.

요컨대 모종의 트릭이 사용된 것이다.

저격소총에 지뢰에 탱크, 압도적인 화력을 아낌없이 투입해 오는 것치고 범인은 교활한 트릭까지 동시에 사용하고 있다…. 우선 흡연자의 행동을 이용해서 저격 포인트를 오인시키는 잔재주가 그랬고, 이번에는 전차가 사라지는 트릭을 사용했다.

만약 내 자가용이 전차였다면 굳이 트릭 같은 걸 짠다고 머리를 쥐어짜지는 않았을 텐데… 아니, 교활하다고 비난만 할 일은 아닐지도 모르겠다.

조심스럽다고 할 수도 없다.

왜냐하면 우선 첫 번째 범행의 저격으로 쿄코 씨의 추리력을 빼앗았다. 그뿐 아니라 미스터리 용어의 의미 기억을 지웠다.

다시 말해 추리소설 같은 트릭을 사용하게 되면 전직 탐정에게는 상대가 안 된다는 것이다. 그 두 번째 사건에서 쿄코 씨가 아니라 단골 의뢰인인 나를 노린 지뢰에 적절(?)하게 대처할 수 있었던 것은, 트릭이고 나발이고 없는 강압적인 수단을 동원했었기 때문이다.

내가 괜히 여러모로 조치를 취하지 않아도 쿄코 씨는 전차 소실 수수께끼를 풀 수 없다. 어디선가 나타난 전차가 어딘가로 사라졌다, 라는 기괴한 이야기를 들어도 '헤에. 뭐, 그럴 수도 있지 않을까요? 우연히 사각에 들어가서 안 보였을 수도 있고요'라는 말로 정리해 버릴지도 모른다. 트릭의 내용이 아니라 트릭을 사용한 것 자체가 범죄의 은폐로 이어졌다. 이 정도면 교활하다기보다는 현명하다고 해야 하리라.

그것도 짜증 날 정도로.

하지만 그런 반면, 범인은 트릭 사용에 따르는 위험성까지 회피하고 있는 것은 아닐 거다. 그야말로 미스터리 작품에 대한 신랄한 딴죽인 '그런 뒤죽박죽 엉킨 방법을 쓰기보다는 평범하게 밤길에서 기다리다가 덮쳐 버리는 게 들킬 위험이 적지 않아?'가 적용되는 경우다. 이것도 지금의 쿄코 씨가 할 법한 말이지만.

트릭을 해명하는 것이 그대로 범인을 체포하는 일로 이어진다. 사라진 전차의 수수께끼에 다가서는 것이 곧 범인을 특정하는 일이기도 한 것이다.

또다시 누명 탐정이 나설 차례다.

도무지 못 미더운 탐정이긴 하지만, 출동하기 전에 우선 짐부터 싸야겠다. 지뢰와 전차에 겁을 먹어 꼬리를 말고 도망치는 척을 하기 위해서.

해외로 진출하는 건 좀 지나칠뿐더러 현실적으로 어렵기도 하다. 요전에 파리로 여행을 갔을 때 그랬듯이, 이 누명왕이 여권을 사용하면 국가 공안 위원회가 움직여 버리기 때문이다.

아, 이건 이야기를 하다가 농담으로 덧붙인 말이었는데, 그땐 정말이지 헛웃음조차 나오지 않았다. 말이 씨가 된다더니.

오키테가미 빌딩과는 비교도 되지 않을 만큼 보안이 허술한 나의 집… 오토 록도 없고 잠금장치는 하나에 방범 카메라는 기대조차 할 수 없는 2층짜리 집합 주택, 흔히 말하는 연립주택의 방에 돌아와 보니….

"웰컴 홈, 미스터 얏카이*."

하얀 정장을 입은, 몸집이 작은 금발의 남자가 기다리고 있었다.

4

짐을 싸려면 고생깨나 해야 할 것 같다.

엄청나게 어질러진 내 방을 보니 그런 생각이 절로 들었다. 책장에 수납장에 벽장, 모든 수납공간이 뒤집어져 있고 이불은 커버가 벗겨지고 이불속이 끄집어내져 있었으며 쓰레기통까지 뒤

※얏카이 : '카쿠시다테 야쿠스케(隱館厄介)'에서 '야쿠스케'에 해당되는 한자를 다르게 읽은 것.

집어져 있다. 그 어떤 빈집털이가 들어도 이렇게까지 어지럽히지는 않을 거란 생각이 들 정도로 무참한 광경이다.

오해할까 싶어 분명히 말해 두자면 평소의 내 방은 조촐한 모델 하우스처럼 정리되어 있다. 허름한 연립주택인데도. 정리정돈은 누명왕의 의무다. 일종의 노블레스 오블리주 같은 거다. 내가 모종의 죄로 오인 체포되었을 때, 호기심 왕성한 언론 관계자들이 좋아라고 물어뜯을 만한 빈틈을 보여서는 안 되기 때문이다. 트집을 잡힐 만한 분위기를 풍기는 물건은 하나도 두어선 안 된다. 늘 방을 단정하게 정리해 둘 필요가 있었다. 오얏나무 아래서 관을 고쳐 쓰지 말라*는 말이 있는데, 나 정도쯤 되면 자두밭 근처에는 얼씬도 안 하고, 애초에 관도 안 쓴다.

누명왕은 무관無冠의 제왕인 것이다.

그렇게 청정실보다 깔끔했던 내 자취방이, 회오리바람이 휩쓸고 지나간 곳처럼 되어 있다. …여기가 캔자스였던가*?

몸집이 작은 남자는 실내에 있는 물체 중 유일하게 뒤집어지지 않은 가구인, 1년 내내 꺼내 놓고 있는 코타츠에 다리를 꼬고 앉은 채 놀란 기색을 감추지 못하고 있는 나를 재미있다는 듯이 쳐다보았다. …아니, 정말 재미있다고 생각하는지 어떤지는 모

※오얏나무 아래서 관을 고쳐 쓰지 말라 : 이하부정관(李下不整冠). 오얏(자두)이 익은 나무 아래서 손을 들어 갓을 고쳐 쓰려고 하면 오얏을 따는 것처럼 보이니 의심을 살 만한 짓은 삼가라는 뜻.
※캔자스였던가 : 『오즈의 마법사』의 패러디. 캔자스에 살던 주인공 도로시는 회오리바람에 휘말려 오즈에 떨어지게 된다.

르겠지만.

선글라스를 쓰고 있어서 눈이 보이지 않아 입가를 보고 그렇게 짐작한 것뿐이다. 입술이 아니라 그 사이로 보이는, 금발보다 눈부신 하얀 이를 보고 직감적으로 느꼈다. 이 상황을 재미있어하고 있다고.

누명왕인 내가 증거도 없이 단정하듯 말하면 좋게 보이지 않겠지만, 그럼에도 이 처참한 광경을 만들어 낸 것이 그라는 사실은 의심할 여지가 없다. 하지만 더 나아가 말하자면, 당당한 정도를 넘어서 태연하기까지 한 저 태도는 빈집털이나 도둑, 하물며 사후 강도의 그것이 아니다.

오히려 분위기는 그와 정반대… 그래.

그 어떤 빈집털이가 들어도 이렇게까지 어지럽히지는 않을 거다, 라고 말하기는 했지만 회오리바람이 불지 않아도 실내가 이렇게까지 엉망이 되는 경우를 나는 하나 알고 있다.

나이기에 알 수 있는 일이기도 하다.

그렇다…. 수사기관, 법 집행기관이 영장을 발부받아 가택 수사를 위해 범인의 주거로 들어와 결정적인 범죄 증거를 찾아내려 한 결과라고 생각하면, 오히려 이건 얌전하다 싶을 정도로 표준적인 상태다.

"겨… 경찰에서 오셨습니까?"

경계심을 품은 채, 언제든 도망칠 수 있도록 현관에서 신발을 벗지 않은 상태로 나는 신중하게 물었다. 몸집이 작은 금발의 남자는 실내에 있음에도 불구하고 나와 마찬가지로 신발을 신은 채 고개를 크게 가로저었다. 경찰이 아니라고? 그럼, 공안? 내가 멀리 떠날 계획이라는 걸 벌써 알아챈 건가? 지나치게 우수하잖아. 나는 24시간 경계 태세로 감시당하고 있는 건가? 다시 말해서 여권을 회수하려고 집을 뒤진 건가?

"경찰은 아니야. 이 나라의, 라는 의미에서는."

작은 몸집의 남자는 그렇게 말하더니 정장의 웃옷 자락을 들쳐 보였다. …바지의 벨트 부분에 배지가 채워져 있었다.

과연, 확실히 일본의 경찰은 저런 식으로 배지를 차지 않지…. 해외 드라마에서 얻은 지식이긴 하지만 미합중국의 스타일이다. 심지어 그 배지에 알파벳으로 각인된 내용은… 해외 드라마를 안 보는 사람이라도 지구상에서 저 세 글자로 표시되는 조직을 모르는 사람은 없을 거다.

F.B.I.

"C.I.A가 아니라 실망했나, 미스터 얏카이?"

작은 몸집의 남자는 유쾌하다는 듯이 웃었다.

"Federal Bureau of Investigation. 연방수사국 요원, 화이트 버치다."

"……큭!"

체온이 단숨에 36도 정도 떨어진 것 같았다. 내 방에 FBI가?

경시청을 비롯한 전국 방방곡곡의 지역 경찰에게 체포된 경험이 있기는 하지만, 그리고 해외 수사기관에 신세를 진 적이 없지는 않지만, 그렇다 해도 동경하는 스코틀랜드 야드*를 건너뛰고 FBI라니.

나는 손을 뒤로 돌려 문을 닫고, 신발을 벗었다.

말 그대로, 맨발로 달아나고 싶은 심정에 벗은 것이다. 일본 경찰이 상대일 때에도 마찬가지지만 FBI가 상대라면 도망칠 엄두도 안 나니까. 아무리 그래도 허리에 배지를 차고 있는 것처럼 권총도 소지하고 있지는 않겠지만…. 젠장, 이러고 있을 때가 아닌데… 나는 대체 언제 연방 범죄의 용의자가 된 거지?

진정하자, USA에는 사형이 없는 주도 제법 많으니 의외로 일본에서 체포되는 것보다는 안전하다고 볼 수도 있다. 잘 생각해 보니 권총은 일본의 경찰들도 일상적으로 소지하고 있기도 하고.

"버치 씨… 버치 수사관님."

결심을 굳히고 나는 말했다. FBI를 상대하는 건 처음이지만, 경험은 많다. 일본을 대표하는 용의자로서 부끄럽지 않은 대응을 해야만 한다.

"제대로 된 대접은 못 해 드리겠지만, 차라도 드시겠습니까?

※스코틀랜드 야드 : 영국의 수도 런던에 소재한 런던 경찰국, 또는 본부를 가리키는 말.

일본차지만요."

"사양하지. 레드 와인 말고는 입에 안 대기로 했거든."

화이트 와인이 아니구나. 정장은 흰색인데. 셔츠랑 넥타이까지 흰색인데.

해외 드라마에서 직무 중이라며 알코올을 사양하는 수사관을 많이 보기는 했지만… 아쉽게도 내 냉장고에 주류는 상비되어 있지 않다. 그 냉장고도 보란 듯이 뒤집어져 있지만…. 냉장고를 뒤집다니. 과연 아메리칸 파워라고 해야 할지, 작은 몸집과는 달리 힘이 좋군.

"으음…."

평소 같았으면 국적은 둘째 치고, 그리고 용의는 둘째 치고 수사관이 앞에 있으면 '탐정을 부르게 해 주세요!'라고 외쳤겠지만, 앞서 말했듯이 지금은 그럴 수가 없다. 스마트폰을 잃은 무력한 현대인이니. 집 전화로 평범하게 변호사라도 불러야 하나? 국제 변호사를.

"머나먼 미국에서 와 주셨는데 죄송하지만, 지금은 이래저래 좀 바빠서…. 저를 체포하시는 건 나중으로 미뤄 주실 수 없겠습니까?"

"FBI의 수사를 뒤로 미뤄 달라니 기가 막히군. 역시 누명 킹이야."

버치 수사관이 어깨를 으쓱했다. 요원이라서 하는 말이 아니라, 과장스러운 리액션이 엄청 그럴싸하네. 부러울 따름이다.

"마치 제일 하우스 록[*] 같아. 안심하라고, 미스터 얏카이. 나는 체포 영장을 가지고 온 게 아니니까."

"네?"

영장도 없이 내 방을 이렇게 헤집어 놓은 거야? 그야 FBI에게 내 방의 잠금장치는 안전핀으로 열 수 있는 정도가 아니라 문 자체의 강도가 안전핀 수준으로 보이겠지만. 애초에 아무리 천하의 FBI라 해도 일본 국내에서는 수사권이 없을 텐데.

그렇다면 이 사람은 왜 흙발로 내 방에 들어와 앉아 있는 건데. 수사관인 줄 알고 그 미국 문화를 이해하는 척했지만, 그렇지 않다면 그냥 흙발로 실내에 들어온 사람이잖아.

"영장이 없어도 자네 정도는 얼마든지 체포할 수 있거든. 확실히 미국에는 사형을 집행하는 주가 적기는 하지만, 징역을 300년씩 때리는 경우가 있다는 사실도 잊지 말라고. 배심 재판을 한다고 유리해질 만한 용의자가 아니잖아, 자네는."

"…일본어가 유창하시네요."

"머리색이 이렇기는 하지만 일단은 일본계거든. 어려운 말을 쓰고 싶다면 얼마든지 쓰라고. '최초 지급'이라든지 '은진殷賑하다'라든지 '진에瞋恚'라든지 '숀나이しょんない'라든지 '~하오'라든

※제일 하우스 록 : 『죠죠의 기묘한 모험』 6부의 등장인물 뮤차 뮬러의 스탠드(특수 능력이자 분신). 스탠드에 닿은 자가 새로운 사실을 세 개까지밖에 기억하지 못하게 하는 능력을 지녔다.

지, 뭐든지 말이야."

"네에….."

대부분의 경우 그것밖에 받아 본 적이 없는 탓에 '최초 지급[*]

은 알겠지만, 나도 어휘가 풍부한 편은 아니라 '은진하다'나 '진

에'는 무슨 소리인지 모르겠는데…. '숀나이'는 분명 어쩔 수 없

다는 뜻의 시즈오카 현 방언이었고, '~하오'에 이르러서는 사

어死語조차 아니고 개그에서나 사용되는 말이다. 뭐, 영어로 대

화… 라기보다는 자기변호를 하지 않아도 된다는 점은 매우 다

행이지만.

일본계… FBI라는 조직도 다양성이 있구나.

"체포하러 온 게 아니면 뭡니까, 버치 수사관님."

"충고를 하려고. 통첩이라고 해야 하려나?"

일본어가 서툴기 때문은 아니겠지만 버치 수사관은 그런 식으

로 말을 골라서 고쳐 말했다.

"목숨이 아깝다면 이번 건에서 지금 당장 손을 떼도록 해. 저

격수에 관해서도, 휴대용 지뢰에 관해서도, 유령 전차에 관해서

도 말끔하게 모두 잊는 걸 권장하지. …망각 탐정처럼 말이야."

"…윽."

한발 늦은 수준이 아니었다. 애초에 방에 불법 침입자가 있는

※최초 지급 : 일본의 회사에서 근무하고 처음 지급받는 급여를 일반적으로 이르는 말.

시점에서 알아챘어야만 했다. 흔히, 추리소설에서 화자의 지능은 현명한 독자보다 낮게 설정되어야 한다고 하는데 그걸 감안하더라도 이건 너무 낮았다.

변명을 하자면 내게 두 개의 누명이 동시에 씌워지는 일은 일상다반사고, 누명을 벗고자 발버둥치는 도중에 다른 누명이 덧씌워지는 일 또한 누명왕에게는 흔한 일이다.

게다가 지금까지 모습을 전혀 보이지 않던 범인이 약속도 잡지 않고 제 발로 나타날 줄 누가 알았겠는가.

범인이 자진 출두하는 추리소설이 어디에 있다고.

출두가 아니라 출병인가?

이렇게까지 마구잡이로 방을 어지럽힌 데에 당혹감을 감추지 못하고 있었지만, 오히려 그 반대였다. …이 연립주택이 지뢰로 폭파되거나 전차로 포격당했어도 이상할 게 없었던 거다. 급소만 제대로 노리면 저격소총으로도 해체가 가능할 듯한 건축물이 아닌가.

적이 의도한 대로 도망을 꾀하는 척을 할 생각이었건만, 그 준비인 짐 싸는 걸 방해하기 위해 이런 식으로 선수를 칠 줄이야…. 확실히 이렇게 어질러진 상태로는 갈아입을 옷을 여행용 캐리어에 잽싸게 담을 수가 없다.

그나저나 범인의 정체가 너무도 의외였다…. 경찰이 범인이라는 전개는 일본 미스터리 작품에서도 드물지 않지만, 그래도 그렇지 FBI 수사관이라니. 등장인물 일람에 실리지 않은 인물이 범인이었을 때만큼이나 예상 밖의 범인이다.

…다만, 의외라는 생각과 동시에 위화감도 들었다. 명탐정이 등장인물 일동 앞에서 수수께끼 풀이를 할 때와 같은, 딱 납득이 되는 느낌이 없다. 그냥저냥… 대충은 납득이 될 듯도 하지만, FBI 수사관은 군인이 아닐 텐데?

권총이라면 모를까, 저격소총이나 지뢰나 전차는… 아아, 하지만 그건 어디까지나 한 가지 일에 일생을 바치기 일쑤인 일본인의 감각일 뿐, 종군 경험이 있는 FBI 수사관도 있기는 하려나.

동년배 정도로 보이는데, 그렇다면 이 작은 남자는 나와 비교도 되지 않을 만큼 인생 경험이 풍부하다는 건가…. 그렇다고 해서 쿄코 씨를 총으로 쏴도 된다는 뜻은 아니지만.

"오해하지 말라고, 미스터 얏카이. 굳이 말하자면 나는 자네의 처지를 이해하는 바이니. 누명을 쓰는 건 괴로운 일이지. 나도 한때는 친구에게 아동 성애자 취급을 받은 적이 있어서 자네의 심정은 잘 알아."

그거랑 같이 취급하지 말아 줬으면 하는데…. 일본에서도 안 될 일이지만, 미국에서 그러면 진짜로 위험하지 않나?

역시 대국의 누명은 규모가 다르구나….

"심플하게 자네의 신변을 걱정하고 있다고, 나는. 한낱 의뢰인일 뿐인 자네가 전직 망각 탐정의 일에 휘말려 들어서는 안 되지…. 그도 그럴 게 자네는 이미 네 번이나 죽을 뻔했거든."

"네 번?"

지뢰 소동이 그중 한 번이라고 치고… 전차도 나를 죽일 뻔했 다고 봐야 하나? 하필이면 포격 대상이었던 그 건물로 피신하려 했었으니. 정말이지 감이 없어도 너무 없다. 게다가 쿄코 씨가 저격당한 현장에 함께 있었던 것도 숫자에 포함시켜야 할 거다. 그때 표적에서 빗나간 탄환, 혹은 도탄된 탄환이 내 급소에 명 중했어도 이상할 게 전혀 없었다.

하지만 그래도 합계 세 번이다.

나머지 한 번은? …지금, 이 순간인가?

지금까지 대화를 나누는 도중에도 언제든 나를 체포할 수 있 었고, 언제든 죽일 수 있었다고 버치 수사관은 협박하고 있 는 건가? 일본 문화를 중시하여 신발을 벗은 건 섣부른 짓이었 나…. FBI 수사관 앞이라고 결심을 굳히는 건 경솔한 짓에 속하 나 보다.

"그럼에도 아직 살아 있는 게 대단하기는 하지만, 그렇다고 불사신은 아니겠지. 도망치는 척을 해서 어찌어찌… 어물쩍 넘 겨 보려는 심산 같지만, 진심으로 도망치는 걸 권장하겠어. 그 것도 가능하면 괜한 혐의를 뒤집어쓰지 않도록 범죄인 인도 조 약이 체결되지 않은 나라로."

속을 훤히 꿰뚫어 본 것도 모자라 정성 어린 충고까지… 다시 생각해도 나에게는 탐정 역할이 맞지 않는다. 수수께끼를 풀기는커녕, 트릭을 밝혀내기는커녕, 꼴사납게도 스스로 나타난 범인에게 협박을 받고 있지 않은가.

이렇게 된 거, 차라리 힘으로 밀어붙여 싸워 볼까? 내 덩치로 허를 찌르면, 덩치가 작은 남자를 깔아뭉갤 수는 있지 않을까… 아니, 아니. 머리를 좀 쓰라고, 덩치. 상대에게 종군 경험이 있을지도 모른다는 점을 잊은 거야? 설령 그렇지 않다 해도 FBI 수사관에게 무술 경험도 없이 그냥 덩치만 큰 녀석이 상대나 될 것 같아? 권총을 가지고 있건 아니건 사살할 구실을 내주는 것이나 다름없는 짓이다.

수수께끼는 풀 수 없다. 트릭은 모르겠다. 범인도 잡을 수 없다. …그렇다면 하다못해… 동기만이라도 확실하게 밝혀야 한다.

왜 이렇게까지 하지?

어째서 추리력, 의뢰인, 사무소… 모든 것을 파괴하려는 거지? 쿄코 씨가 계속 탐정으로 있음으로 인해 FBI 수사관이 곤란해질 일이 뭐지? 어째서 이렇게까지 철저하게, 집요하게 그녀의 탐정성을 제거하려는 거지?

어떤 식으로 이해충돌이 일어나기에?

"이런 식으로 말하기는 좀 그렇지만… 그렇게까지 할 일입니

까? 한 나라를… 아니, 세계를 대표하는 법 집행기관의 사람이
움직일 만한 일입니까?"

"응?"

이쪽이 질문을 던진 것이 의외였는지 버치 수사관은 고개를
갸웃했다. …그 과장된 반응은 무시하고 나는 말을 이었다.

"쿄코 씨는, 뭐 제가 보기에는 의지할 만한 단골 명탐정이고
몇 번이나 누명을 벗겨 줬는지 모를 정도지만, 그래도 세계적으
로 보면 그렇게까지 높이 평가할 만한 탐정은 아닐 텐데요."

어떤 사건이든 하루 만에 해결하는 망각 탐정.

하지만 그것은 뒤집어 말하면 **하루 안에 해결할 수 있을 만한
사건만 담당한다**는 뜻이기도 하다. 단골 의뢰인이라 쿄코 씨의
편을 들 수밖에 없는 나로서도 장기적인 대응이 필요한 누명을
벗어야 할 때는 다른 탐정에게 의뢰한다.

단순히 상황에 맞고 안 맞고, 잘 하고 못 하고의 문제가 아니
라 애초부터 쿄코 씨의 탐정성에는 어쩔 방도가 없는 제한이 걸
려 있는 것이다. 리셋 이상의 제한이.

수사기관과 탐정은 예부터 변함없이, 어느 국가 체제에서나
흔히 말하는 라이벌 관계였다지만 적어도 오키테가미 쿄코는 연
방 수사국이 위협을 느낄 만한 탐정이 아니다.

공교롭게도 쿄코 씨 본인이 탐정의 일은 외도 여부 조사나 애
완동물 찾기 등이라고 일반적인 의견을 내놓았었는데, 망각 탐

정의 업무 영역이 그 연장선상에 있다는 것은 분명한 사실이다. 군이 말하자면 내 누명을 벗기는 것 정도가 가장 빠른 탐정의 최대치이기도 한 것이다. …가령 오키테가미 탐정 사무소가 100년 동안 이어져 노포가 된다 해도 연방 범죄 수사에 착수할 일은 없다.

제거할 이유가 없다. 국경선을 넘어서까지, 하물며 타국의 법을 어겨 가면서까지.

"유령 전차를, 어떻게 출현시켜서 어떤 식으로 소멸시켰는지를 물을 생각은 없습니다. 그러니 어째서 쿄코 씨를, 그렇게 끈질기게 노려야만 하는지… 그것만이라도 알려 줄 수 있으실까요."

"글쎄, 오해하지 말라고 했을 텐데…. 내 와이프였다면 '착각하지 마'라고 했을 거야."

의외로 기혼자인 모양이다.

게다가 와이프는 츤데레인 건가?

"여덟 살 딸도 있지. 자네가 설명해 주지 않아도 나는 오키테가미 쿄코를 잘 알아. **그녀가 오키테가미 쿄코가 되기 전부터 말이야.**"

"…되기 전."

탐정이 되기 전.

…그 전부터 FBI는 망각 탐정을 감시하고 있었다는 건가? 공

안이 나를 감시하고 있는 것처럼? 쿄코 씨가 예전에는 해외에 활동 거점을 두고 있었다는 이야기는 콘도 씨에게 들은 적이 있지만, 설마 그녀가 연방 범죄를?

탐정 = 범인인 패턴이라고?

"굳이 말하자면 나는 그녀의 워처Watcher야. 팬클럽 회원이라고 바꿔 말할 수도 있어. 그녀가 그녀를 잊어버린 대신, 그녀의 행동을 관찰하고 기록하지. 기억하는 게 아니고. 미스터 얏카이의 오해를 푸는 건 그 질문에 답하는 것만큼이나 어렵겠지만 한마디만 하자면… 일찍이 오키테가미 빌딩의 침실, 그곳의 천장에 쓰여 있던 글씨. 본 적 있나?"

"'너는 오늘부터 오키테가미 쿄코. 탐정으로서 살아가야 한다'… 맞죠?"

"그걸 쓴 건 나야."

버치 수사관은 어째서인지 변명이라도 하듯 '당시 일본어를 쓸 수 있는 게 나뿐이었거든'이라는 말을 덧붙였다. …그것 말고도 구체적인 이유가 있지만 그럴싸한 이유로 얼버무리듯이.

"악필인 건 양해해 줘. 힘든 일이었거든, 천장에 큼지막하게 글씨를 쓰는 건. 손이 닿지 않아서… 미스터 얏카이의 키라면 차고 넘쳤을지도 모르겠지만."

"……."

"필적 감정은 이제 무리겠지. 흔적도 없이 사라졌으니… 자네는 망각 탐정을 두고 제한이 걸려 있는 탐정이라고 했지만, 그 제한을 건 건 다름이 아니라 **우리**거든. 뭐, 우리의 관점으로 말하자면 제한은 '망각'이 아니라 '탐정'이라는 부분이지만."

음… 그게 무슨 뜻이지?

어찌 되었건 쿄코 씨의 능력에 강한 제한을 걸고 싶었다는 뜻 같기는 한데…. 계속 머릿속 한구석으로 밀어 두고 있던 천장에 적힌 글씨의 필자가 생각지 못한 순간에 생각지 못한 모양새로 밝혀졌지만, 그것도 이제 와서는 다 늦은 일이다. 버치 수사관의 말대로 이미 그 거친 필적으로 적힌 글씨는 잿더미가 되었으니… 그 진위를 따지기도 어렵다. 아닌 게 아니라 어떻게든 둘러댈 수 있으니.

게다가 새로운 수수께끼가 생겨나기도 했다.

제한을 건 것이 이 금발의 작은 남자라면 왜 이제 와서 그 제한을 상당히 난폭한 수단을 동원해 해제하려 한 걸까…. 이건 수수께끼라기보다는 모순에 불과하다는 느낌마저 든다.

"글쎄 그 부분이 크나큰 오해라니까. 누명이라고 할 수 있지, 미스터 얏카이. 성가시게도[*] 말이야."

때를 놓치기는 했지만 슬슬 내 이름은 얏카이가 아니라 야쿠스케라고 바로잡아 주는 게 좋을 것 같다. …하지만 지금은 버

---

[*] 성가시게도 : '얏카이'라는 단어에는 '성가신 일' 등의 뜻이 있다. 이를 이용한 말장난.

치 수사관의 이야기를 들어야 할 때다. 내 이름은 아무래도 상관없다.

누명이라고? 이 누명왕 앞에서?

저런 식의 부정은 내 자존심을 크게 상하게 한다. 속이 뜨끔할 정도다.

"나는 망각 탐정을 저격하지 않았고, 자네를 지뢰로 공격하지도 않았고, 하물며 전차로 오키테가미 빌딩을 파괴한 적도 없어. …나는 범인이 아니고 군인도 아니야. 어째서 날 그런 사람이라고 생각한 건가 싶어서 어안이 벙벙할 정도라고."

어이쿠. 빈정대는 건 줄 알았더니, 내가 누명을 씌웠다는 뜻이었나… 아니, 이유를 묻는다면 빈집에 멋대로 숨어들어 방을 있는 대로 헤집어 놓았기 때문이라고 답할 수밖에 없겠지만, 확실히 돌이켜 보니 현재까지 나는 버치 수사관에게 이 건에서 손을 떼라는 충고를 받았을 뿐이다.

그런 충고… 본인 말로는 통첩이었지만 FBI 수사관이나 범인이 아니라 해도 지금의 나에게는 하고도 남을 일이었다. 탐정역할이라는, 누가 봐도 분수에 맞지 않는 짓을 하고 있으니.

"하, 하지만, 그렇다면 왜 방을 이렇게…?"

"음? 내 입장으로서는 자네의 용의점을 분명히 해 두어야 했거든. 지뢰 건은 자작극이었고 자네가 진범일 가능성도 한없이 낮기는 해도 아주 없지는 않았어. 지나치게 정돈된 이 방은 솔직히 말해서 수상쩍었지. 의심을 사지 않기 위해 궁리를 한 스파이의 방 같았어."

아주 당당하시군.

서로가 서로에게 누명을 씌운 셈인가…. 스파이의 방 같다고 말하면 뭐라 반박할 말이 없긴 하지만, 피차일반彼此一般이라고 하기에는 엇갈린 정도가 지나쳤다. 피차교차彼此交叉라면 모를까.

"스파이인 편이 내게는 좋았겠지만 말이야. 가능하다면 탐정 오키테가미 쿄코를 보호하고 싶었어. …말할 수 있는 범위에서 말하자면, 일종의 증인 보호 프로그램 같은 거지. 말 그대로 비밀 유지 의무가 있어서 상세한 내용을 밝힐 수는 없지만. 하지만 그 보호 조치를 계속하는 것도 상황이 이래서는 어려울 듯하군. 상황에 따라서 나는 일반 시민을 우선적으로 보호해야만 해. 일본 국민이 되었건, 미국 국민이 되었건… 화이트 호스의 손으로부터."

화이트 호스?

그게 진범의 이름인가?

그나저나 화이트… 이 화이트 버치 수사관의 친족인가? 내가 동경하는 '가계도'가 등장하는 건가? 아니, 일본과 달리 퍼스트 네임을 앞에 쓰니 성姓은 아니다. 하지만….

"**그녀**를 경애하는 팬클럽 회원은 누구나 화이트를 자칭하지. 누가 시키지도 않았는데 자연스럽게 말이야. 뭐, 호스의 경우에

는 경애라기보다는 신애信愛라고 해야겠지만. …나는 군인이 아
니지만 그에게 있어 화이트라는 이름은 도그 태그dog tag 같은 거
야. 호스의 목에 걸린, 도그 태그 말이야."

도그 태그.

감찰鑑札… 감찰표… 인식표.

"이 이상의 오해를 피하고자 말하자면, 나와 호스는 친족 관
계도 아니거니와 만난 적도, 대화를 나눈 적도, SNS로 접촉한
적도 없어. 그저 서로 다른 모양새로 그녀를 사랑하고 있을 뿐
이지. …화이트의 어원은, 말하지 않아도 알겠지?"

그거야 뭐, 그야말로 말할 것도 없다.

화이트는… 쿄코 씨의 하얀 머리를 가리키는 거다.

하지만 같은 화이트라도 천장에 글씨를 적어 그녀를 옭아맨
화이트 버치와 그 백발을 저격한 화이트 호스는 확실히 서로 '사
랑하는 방식'이 다른 듯했다.

한쪽은 속박하고… 한쪽은 박탈했다.

무엇을 위해서?

"군인…이 맞는 겁니까?"

그 정도는 내 예상이 맞았으면 했지만, 버치 수사관은 쌀쌀맞
게 "정확히는 아니야."라고 말했다.

"전직 군인, 이라고 할 수도 없고. 적어도 과거에 소속되어 있
던 군에서는 인정하고 싶지 않겠지. …왜냐하면 화이트 호스는

불명예제대를 했거든."

"불명예제대?"

"미스터리적인 의미에서 하는 말이 아니야, 군인이 아니라 범인으로서의 성격이 강해. 전쟁 범죄자거든."

그 말은 같은 범죄자라도 미스터리 작품에서의 개념과는 양상이 전혀 다르다는 뉘앙스를 띠고 있었는데⋯ 추리소설의 등장인물로서는 반론하고 싶은 부분이었지만 나는 기어 들어가는 목소리로 "그런⋯가요. 그렇군요⋯."라고 맞장구를 치고 말았다.

친구의 험담을 하는 걸 보고도 그냥 지나치고 만 듯한 떨떠름함을 곱씹으며.

뿐만 아니라 생각을 계속하는 게 갈수록 버거워져서 나는 반강제로 생각을 중단했다.

아무래도 이 작은 불법 침입자가 나를 보호하려 해 주었다는 말은 사실인 것 같다. ⋯늦게나마 감사 인사를 해야 하리라. 네 번이나 죽을 뻔했다는 말에서 네 번째는 지금 현재를 뜻하는 것이고, 그가 이 방에 있어 주었기에 나는 지금 집을 비운 사이에 설치된 지뢰 같은 것에 죽지 않은 것이다. 나의 누명을 벗기기 위해 했다는 가택수사는 동시에 화이트 호스가 설치했을지도 모르는 지뢰 찾기 작업이었을지도 모른다. ⋯하지만 그렇다고 해서 '땡큐 베리 머치'라는 말을 할 만큼의 기력이 지금의 내게는 남아 있지 않았다.

헛방을 쳤다고 하기는 다소 어렵겠지만, 이 '거짓 해결 편'에 한 방 먹은 듯한 느낌은 금할 길이 없었다… 하긴, 범인이 제 발로 찾아와 주는 편의주의적인 전개가 그리 쉽게 펼쳐질 리가 없지.

느닷없이 드러난 줄 알았던 범인의 윤곽이, 마찬가지로 갑자기 사라졌다. …마치 유령 전차처럼.

오히려 적의 정체는 더욱 수수께끼 같아졌다.

화이트나 호스 같은 통칭은 알게 됐지만, 더욱 깊은 어둠 속으로 모습을 감추어 버렸다. …다시 말해서 범인은 FBI를 적으로 삼아서라도 교코 씨에게서 탐정성을 빼앗으려 하고 있는 거다.

아니, 그런데… 무엇 때문에?

…혹시 박탈이 아니라 속박으로부터의 해방을 위해서?

제한의… 해제를 위해서?

"실망하게 만든 것 같군. 본의는 아니었어. 사과의 의미라고 하기는 좀 그렇지만, 전직 망각 탐정에게 작별 인사를 할 만큼의 시간은 제공하지…. 그 정도 시간 동안의 안전은 내 권한으로 보장할 수 있어."

버치 수사관이 동정하는 듯한 투로 말했다.

여전히 행동거지 하나하나가 과장스러웠지만 저 동정심만은 연기가 아닌 듯했다.

"물을 생각은 없다고 했지만, 그때 유령 전차의 수수께끼에 관해서도 물어보도록 하라고. 사양할 것 없어. 만약 범인… 군인의 의도대로 일이 순조롭게 진행되었다면 그녀는 어렵지 않게 그 출현 트릭과 소실 트릭의 수수께끼를 풀어 보일 테니 말이야. 지뢰를 처리했을 때와 마찬가지로."

탐정도 아닌데.

탐정이 아니기에.

"지금의 그녀가 수수께끼를 풀게 해서는 안 된다며 괜히 배려를 할 필요는 없어. 왜냐하면 그건 그녀에게 수수께끼 거리조차 되지 않는 자명한 일이니까…."

5

"**현실적으로 생각하자면**, 그건 확장현실이겠죠. 흔히 말하는 AR, augmented reality. 사반세기 전에는 존재하지 않았던 스텔스 기술이기는 하지만 그거라면 자유자재로 꺼냈다가 없앨 수 있을 테니까요. 마치 양치기 소년처럼 누군가가 '전차가 왔다!'라고 외쳤다면 현대인이 가장 먼저 취할 행동은 뭘까요? 그래요, 도망치거나 엎드리는 게 아니라 스마트폰을 꺼내 촬영하는 거겠죠. 유원지의 퍼레이드를 보려고 다섯 시간 동안 줄을 서 있다가 작은 스마트폰으로 포착한 화면만 보고 있었던 걸 즐거운 추억으로들 여기잖아요. 얄궂게도 최신 스마트폰은 휘도가 좋아 현실의 풍경을 현실보다 선명하게 잡아내서, 고개를 들어서 보면 실제 풍경 쪽이 흐릿하게 보이기도 하니까요. 방송 영상에 비해 자막이 안 나와서 현실은 알기 어렵다, 라고 생각할지도 모르고요. 우후후, 스마트폰에 한눈을 파는 정도가 아니라 스마트폰만 들여다보고 살죠. 하지만 스마트폰 화면만 들여다보고 있다면, 거기에 전차가 비치면, 실제로는 전차가 도로를 달리고 있건 말건 그게 그거 아닐까요? 뒤집어 말하면 전차가 달리고 있건 말건 거기에 전차가 비치지 않는다면 그 현실은 확장된 비현실 앞에서 사라져 버리지 않을까요…? 유령 전차라고들 하던데, 그렇다면 이번 건은 심령사진이라고 해야겠네요. QR 코드든 컬러 바코드든 상관없지만, 그런 사진이나 동영상의 코드를 위장막처럼 전차의 표면에 코팅해 두거나, 도로나 표식에 미리 심어 두었다가 계기라 할 수 있는 '전차가 왔다'는 말로 선동하는 데만 성공하면, 사전에 녹화해 둔 동영상이 화면 속에서 돌진하는 거죠. 물론 깊이가 느껴지는 입체감과 서라운드 음향까지 곁들여서요. 포격 후에 동선을 어긋나게끔 해서 실제 전차와 화면 속 전차가 정반대 방향으로 질주한다 해도, 아무도 실물 쪽은 쳐다보지 않아요…. 레이더를 속이는 스텔스 기술의 한 걸음 앞에 있는, 굳이 말하자면 데이터를 속이는 스텔스 기술이죠. 그리고 SNS 전성기인 지금이기에 촬영된 사진과 동영상이 대량으로 나돌면, 그로써 기정사실이 성립되는 거예요. 거짓인지 참인지, 허인지 실인지는 상관없어요. …얼마쯤 지나면 그 자리에 없었던 분들조차 실제로 본 것처럼 전차의 전과에 관해 말하고 다니겠죠. 물론 이건 가장 간단하게 요약해서 설명한 것뿐이고, 실제로는 훨씬 복잡한 기술이 채용되었을 거예요. 최소한 전차를 촬영하는 스마트폰에 대한 해킹은 필수겠죠. 사이버 기술로 주변 통신망을 경유해서 일대의 단말에 전용 앱을 강제로 다운로드시키는 데 성공하면 계략의 성공률은 비약적으로 향상돼요. 현대의 전장은 컴퓨터에 의해 지배된다는 말도 있고, 그 많은 디지털 처리를 수행해야 하는 이상 아마 전차도 위성을 경유해 자동 조종되는 무인기였을 것 같지만, 이것 참, 전술도 요즘 기술을 따라서 눈 깜박할 새도 없이 일진월보日進月步하네요. 네? 수수께끼 풀이? 제가 그런 기분 나쁜 짓을 할 리가 없잖아요."

6

순식간이었다.

'심지어'라고 해야 할지 '하지만'이라고 해야 할지. 본인이 말한 대로, 그리고 FBI 수사관이 예언했던 대로 수수께끼를 풀었다기보다는 그저 알고 있는 것을 알기 쉽게 설명한 것뿐이라는 뉘앙스로 청산유수처럼 말을 늘어놓았다. 하지만 그 점이 무엇보다도 이상했다.

수수께끼를 풀지 못한, 탐정 흉내를 내기는커녕 첫 발도 떼지 못한 누명 탐정으로서 궁색한 변명을 하려는 것은 아니지만, 전차라는 거창하고 설명이 필요 없을 만큼 노골적인 병기가 등장했지만 알고 보니 실재하지도 않는 AR이었다는 미스터리적인 '반전'은, 그 이상함에 비하면 아무것도 아니다.

알고 있는 것? 알고 있는 것이라고? 쿄코 씨가? 이 촌스러운 파자마를 입은 여성이? AR은커녕 요즘 스마트폰조차 능숙하게 다루지 못하는 망각 탐정이 최신 테크놀로지에 관해 나불나불, 거침없이 해설을 늘어놓는 일은 천지가 뒤집혀도 일어나서는 안 된다.

SNS 전성기? 누가 그런 소릴 한 거람.

물론 입원 중에, 내가 병문안을 자주 오지 않게 되었을 무렵부터 무료함을 달래기 위해 TV나 인터넷을 보고 알게 된 지식일 것이다. …분명 저 촌스러운 파자마도 병원 내부의 와이파이로 인터넷 쇼핑을 해서, 사이즈도 확인하지 않고 구입했을 거다. 그런 의미에서 보면 쿄코 씨는 그렇게까지 복잡한 이야기는 하지 않았고, 전문 용어도 많이 사용하지 않았다. 어디까지나 일반 상식의 범주 안에서 이야기했다.

알고 있는 것을, 아는 만큼.

그건 그것대로 괜찮을 것이다.

밤이 오건 아침이 오건 리셋되지 않고, 획득한 지식이 계속되며, 나날이 쌓인다는 것도 뭐, 기쁜 일이라 할 수 있겠지만··· 하지만 그렇게 쌓인 지식의 사용 방법이, 어쩐지 불온했다.

요란한 군가 소리가, 혹은 군화 소리가 들려오는 것만 같다.

공상 속의 피겨나 게임의 캐릭터를 화면 속에서 현실의 풍경과 합성하며 즐기는 기술을 당연하다는 듯이 전차와 연결 지었다. ···아닌 게 아니라, 이건 기술의 군사 전용轉用이다.

지식을 전쟁에 사용했다.

미스터리뇌를 잃은 쿄코 씨의 사고회로가 그런 식으로 이어졌다는 사실이 나는 어쩐지, 몹시도 무서웠다. 범인과의 대결이라든지 지적 호기심 같은 것에 근거해 살인 현장으로 의기양양하게 쳐들어가는 명탐정은, 그에 비해 얼마나 사랑스러운가.

사고회로라는 말이 나와서 말이지만, 저격으로 인해 뇌의 회로가 그렇게 연결된 걸까? 그런 우회로가 만들어지고 만 걸까? 의미 기억을 빼앗았을 뿐 아니라··· 탐정과는 다른, 별도의 사고회로를 만들어 내고 말았다.

만들어 낸 걸까.

아니면··· 되돌려 놓은 걸까.

연방 수사관이 말한, 망각 탐정이 되기 이전의 쿄코 씨로.

탐정 자격을 반납시키는 것은, 범인에게는 어디까지나 부차적인 결과이고 진정한 목적은··· 미스터리 업계에서 말하는 '뜻밖의 동기'는 굳이 말하자면 전혀 다른 것이었다. 저격소총뿐 아니라 지뢰, 전차처럼 평화로운 시대와는 전혀 어울리지 않는, 사람들의 주의를 끄는 거창한 도구들도 모두 쿄코 씨의 뇌를 자극하기 위한 것이었다.

그렇게 생각하고 보니 두 번째 사건도 지뢰로 나를 처리하는 데에는 실패했지만, 그 지뢰를 쿄코 씨에게 처리하게 만듦으로써 범인은 목적을 달성했다고도 할 수 있다.

기억해 내게 한다는 목적을. 지뢰를 통해 공백을 메우게 한다는 목적을.

마치 고대 병기의 부활을 꾀하는 모험가처럼 빈틈없이 온갖 수단과 방법을 동원했다. 과연 FBI가 움직일 만도 하다, 연방 범죄의 차원을 넘어섰다.

언젠가 동물 트릭이 아니라 생물병기라고 하면 지금의 쿄코 씨에게도 전해지지 않을까, 라고 나는 농담처럼 말했었지만… 다름이 아니라 쿄코 씨야말로 그 병기가 될 수 있지 않을까.

화이트 호스는 쿄코 씨가 탐정을 그만두게 하고 싶은 게 아니다. 저격소총과 지뢰, 전차, 디지털 기술과 같은 전쟁의 도구로 만들고 싶은 거다. 한 지역의 탐정이라는 밀실에 봉인되어 있던 병기를 세계를 향해 해방시키고 싶은 것이다.

일련의 사건의 범인이 버치 수사관의 말처럼 전쟁 범죄자라 치고, 그 인물이 일찍이 신봉하였으며 돌아오기를 바라고 있다는 가정하에 '추리'를 해 보자면….

탐정이 아니라, 퇴역.

퇴역 군인? 쿄코 씨가?

촌스러운 파자마보다 더 안 어울리는 그 신분이, 어째서인지 미스터리 용어를 망각한 지금의 쿄코 씨에게는 오트쿠튀르에서 맞춘 듯이 잘 어울렸다.

버치 수사관에게서 작별 인사를 할 시간을 제공받기는 했지만, 그런 쿄코 씨를 앞에 두고 있자니 의뢰인도 아닌 데다 탐정 역할도 제대로 하지 못한 나는 아무 말도 할 수가 없었다.

「오키테가미 쿄코의 자주포」 명기銘記

오키테가미 쿄코의

감찰표

제4화

오키테가미 쿄코의 방공호

1

아무 말도 할 수 없었다는 것은 곧 작별 인사도 할 수 없었다는 뜻이고, 나는 FBI 수사관의 통첩을 무시하고 계속해서 사건에 관계하기로 했다. 세계 제일의 법 집행기관과 군인도 아닌 전쟁 범죄자를 동시에 적으로 돌리다니, 누명왕도 콧대가 높아졌구나 싶어 새삼 황송해졌다.

명색이 왕이니 콧대가 높은 건 당연한 일이기는 하지만.

그런고로 고집스럽게 당초의 예정대로 도망친 척을 해야 하니 FBI의 감시하에 있는 연립주택으로는 돌아갈 수 없다. …그리고 적이 컴퓨터와 해킹에도 정통하다면 개인정보와 행동 이력은 고스란히 유출되고 있다고 봐야 하리라. 이렇게 되고 보니 스마트폰을 (스스로) 부숴 버린 현재의 내 상황이 천만다행으로 느껴졌다. 마치 몇 수 앞의 전개를 속속들이 예상하는 일류 바둑기사 같다.

확장현실의 트릭은 내게 통하지 않는다. 내가 전차를 놓칠 일은 없다. 그렇다고 해서 전차와 맞설 수 있다는 건 아니지만, 아무튼 이렇게 된 이상 조금이라도 나의 장점을 찾아내서 마음의 위안으로 삼아야 하지 않겠는가.

거짓 도주처로 어디를 택해야 할까.

고민 끝에 나는 오키나와로 향하기로 했다.

먼 곳이랍시고 떠오른 곳이 오키나와나 홋카이도라는 것이 평범하디 평범한 나의 사랑스러운 점이기는 하지만, 개인정보 유출과는 별개로 FBI 수사관이나 전쟁 범죄자의 눈을 속일 수 있을 것 같지도 않은 데다 근성으로 어찌어찌 외국으로 망명하는 데 성공한다 쳐도 이 상황에서는 돌아오지 못하게 될 우려가 있다. 친절한 버치 수사관이 나의 귀국을 제한하기라도 하면 그야말로 참사가 벌어질 것이다.

이왕 근성을 발휘할 거라면, 지금은 섬나라 주민으로서의 근성을 발휘해 보자.

하지만 쿄코 씨가 탐정이 되기 전에는 퇴역 군인이었을지도 모른다는 터무니없는 가설이 나온 타이밍에 미군 기지가 많은 오키나와로 걸음을 옮긴 것은 단순한 우연이라고 할 수 없을 듯하다. 의식이 무의식에 영향을 미친 것일지도 모른다. 가령 오키나와행 항공편을 예약하지 못했다면, 나는 홋카이도가 아니라 요코스카*로 향하지 않았을까?

아무리 그래도 쿄코 씨가 전직 네이비 실이나 전직 그린베레는 아니었을 거다…. 종군 경험이 없다는 화이트 버치 수사관의 말로 미루어 볼 때 쿄코 씨가 미군에 소속된 적이 없다는 것은 명백한 사실이다.

※요코스카 : 카나가와 현에 위치해 있으며 미 해군이 주둔 중인 기지가 있다.

명백… 화이트 호스도 마찬가지다.

초등학생도 번역할 수 있는 이 '백마'라는 영어 이름은 어디까지나 도그 태그로, 모국이 미합중국이라는 증거라고는 할 수 없다. …영국을 비롯한 영어권 출신인지 어떤지도 불분명하다.

그나저나… 언젠가 착용하고 있던 세일러복이 나이에 맞지 않게 무척 잘 어울려서 감복感服했었는데(복장을 보고 감탄한 것이니까), 그것도 쿄코 씨가 퇴역 군인이었기 때문이라고 생각하면 납득이 된다. 설마 그 헛웃음만 나오던 전개가 복선이었을 줄이야.

이쨌든 아침 일찍 출발하는 비행기를 타고 나는 나하那覇 공항에 왔다.

비행기에서 내린 순간부터 온도가 달랐다.

우선 마음과 상황이 진정될 때까지 이 남국에 장기 체류할 생각이다…. 스마트폰을 잃은 지금 인터넷 예약이라는 쾌적함에서 해방된 탓에, 심지어 전화 예약이라는 불편한 속박도 없어서 적당한 가격대의 호텔을 하나씩 차례로, 발품을 팔아 차근차근 돌아볼 수밖에 없었다. 다행히 직장에서 잘린 데다 걱정해 줄 가족도 없는지라 마음만 먹으면 언제까지고 오키나와에 체류할 수도 있었지만, 불행하게도 예산에는 한도가 있었다.

둘 다 불행한 일인가?

도망이라는 명목으로 떠나온 탓에 주변 사람들에게는 거의 아무 말도 하지 않고, 당연히 쿄코 씨에게도 말하지 않고 오키나 와로 왔는데, 일단 만에 하나 내 신변에 무슨 일이 생겼을 때를 위해 (만에 하나라고 해야 할까, 십중팔구라 해야 할까) 출판사 에서 일하는 믿을 수 있는 지인인 콘도 씨에게 출발하기 전 공 항에서 '한동안 떠나 있겠다'고만 연락해 두었다.

이는 망각 탐정에게는 있을 수 없는 정보 누설이고 자기 자신 의 비밀 유지 의무조차 지키지 못한 격이지만, 내가 행방불명되 면 실종 신고를 해 줄 사람은 큰 은혜를 입은 콘도 씨밖에 없으 니, 그에 관해서는 예민하다 싶을 정도로 예방책을 펴 두어야 한다.

겸사겸사 부탁도 하나 해 두었다.

만에 하나를 위해서가 아니라 밑져야 본전이라는 생각으로 한 부탁이었는데 그 능력 있는 남자는 두말없이, 흔쾌히 받아들여 주었다. 자아, 과연 이 복선은 좋은 결과를 불러올까, 나쁜 결과 를 불러올까, 그도 아니면 역효과를 낳을까.

탈탈 털어도 아무것도 안 나올 가능성이 가장 클 것 같지만, 그건 그것대로 상관없다. 쓸데없는 노력이면 어떤가. 거듭 말하 지만 세일러복 건 이상으로 나 자신도 별로 기대하지 않는 복선 인데.

비수기의 평일이기도 한 덕에 생각 외로 간단히 잘 곳을 확보 할 수 있었다. 내 인생에도 가끔은 이럴 때가 있기는 하다. 하지만 그럼에도 나답다고 해야 할지, 지나치게 일이 잘 풀려서 예약 후 체크인까지 몇 시간 정도 시간이 비고 말았다.

추라우미美ら海 수족관에라도 가 볼까?

거대한 고래상어가 있다고 했던가… 그리고 듀공…이 아니라, 맞다, 매너티가 있는 곳이 추라우미였다. 매너티, 보고 싶다. FBI에게 쫓기는 몸이라지만 조금은 재미를 봐도 될 거다. 하지만 조사해 보니 추라우미는 내가 예약한 호텔에서 결코 가깝다고 할 만한 곳이 아니었다. 차를 타고 두 시간 남짓이나 걸린다.

중심가에서 직행하는 왕복 버스 시간도 맞지 않아서, 정말로 가려면 렌터카를 빌릴 필요가 있을 듯했다. 나는 한때 트럭을 운전한 적도 있어서(누명을 써서 잘렸지만), 면허 쪽은 문제가 없었지만 아무리 생각해도 이건 아주 본격적인 관광객이 취할 행동이 아닌가.

어쩐지 떨떠름하다.

심각한 도주극을 펼치고 있는 척은 다 해 놓고 놀 생각이 한가득인 것처럼 보일 거다.

가능하면 행동은 노선버스나 유이 레일*로 갈 수 있는 범위에서 하는 게 좋을 것 같다. 얌전히 관광객을 상대로 장사하는 가

※유이 레일 : 오키나와 도시 모노레일선의 애칭으로 나하 공항에서 데라코우라니시 역을 잇는 모노레일 노선.

게에서 소키 소바[*]를 먹는 것도 현명한 선택지일 듯하지만, 쉽게 올 수 있는 장소도 아니니 구경해야 할 장소는 구경해 두고 싶다는 욕심도 있었다.

슈리성[*] 정전正殿은 가슴 아프게도 불타 버렸지만 슈레이몬守礼門은 건재하다고 들었으니 견식을 넓히려면 그쪽으로 가야 하려나? 탐정으로서의 소질이 없다는 사실을 깨달았다고 해서 배우는 것 자체를 포기할 필요는 없다. 어른도 똑똑해져도 되고말고.

아니, 잠깐.

슈리성 쪽은 이번에 모금만 해 두고 수복된 뒤에 보러 가도 괜찮을 거다…. 하지만 내게는 이런 오늘이기에 보아야만 할 장소가 있지 않나?

알아 두어야 할 것이 있다.

어중간한 마음으로 찾아가도 될 곳이 아니라는 사실도 잘 알고 있지만, 결심을 굳힌 나는 망설임 없이 호텔에 짐만 맡기고 곧장 그 장소를 향해 떠났다.

바로, 히메유리 탑으로.

※소키 소바 : 돼지갈비가 토핑된 오키나와의 면 요리.
※슈리성(首里城) : 15세기~16세기에 세워진 류큐 왕국의 왕궁. 일본에 합병되어 오키나와 현이 된 후 1945년 전쟁으로 전소된 바 있다. 이후 오랜 시간에 걸쳐 복원 사업이 추진되어 1992년 슈리성 공원이 개원했다. 2019년 화재로 인해 주요 건물들이 전소되어 다시금 복원 사업 중이다.

2

이래봬도 일단 의무 교육은 받은 덕에 히메유리 탑에 관해서는 역사 교과서에서 배운 적이 있지만, 하지만 그건 거꾸로 말하면 교과서에서 배운 정도의 지식만 가지고 있다는 뜻이기도 하다. 알아챘겠지만 오키나와는 처음인 데다(고도로 복잡한 경위 때문에 시코쿠에서 오키나와 현 경찰에게 신세를 진 적은 있지만), 내 수학여행은 고등학교 때까지 모두 교토와 나라였던 탓에 부끄럽게도 히메유리 탑이 오키나와의 어디에 위치해 있는지조차 확실하게 알지 못했지만, 만약 추라우미 수족관보다 멀다 해도 이곳은 어떻게 해서든 가 두어야 한다.

저격총에, 지뢰에, 전차에… 확장현실과 해킹을 이용한 사이버 기술도 포함해서, 나는 지금까지 그러한 병기와 군사 기술, 혹은 전략 같은 것을 어디까지나 미스터리 작품의 문맥으로 파악해 왔다.

하지만 반대로 쿄코 씨… 미스터리 용어를 상실한 쿄코 씨는 그렇지 않다. 본래의 문맥으로 해석함으로써 지뢰며 전차에 대응했던 것이다.

본래의 문맥.

트릭이 아니라 전술, 추리가 아니라 병법으로. 범인이 아니라 군인으로.

그 사실에 말문이 막혀 아무 말도 하지 못했지만, 이에 관해 말하자면 오해를 하고 있는 건 오히려 내가 아닐까? 저격 사건의 누명을 썼던 것을 살짝 멋지다고 생각했던 내 쪽이 아닐까?

평화주의라기보다는 평화에 찌든 머저리였다.

전쟁의 도구를 미스터리 작품의 문맥으로만 여긴 것은 어떻게 보면 경솔한 짓이라고 할 수 있을 것이다. 사람을 죽이는 소설을 쓰거나 읽으며 재미있어 하는 것이 불근신不謹慎한 것과 마찬가지로. 저격총을 스타일리시하다고 생각하거나, 지뢰를 굉장하다고 생각하거나, 전차를 아름답다고 느끼는 것은 과연 옳은 일일까? 총기와 화약으로 예를 드니 머릿속이 멍해지는 것 같지만, 예를 들어 일본도라면? 미술품, 예술품으로서의 가치를 인정받기도 했고, 박물관에서 유리를 사이에 두고 바라보면 나도 무심결에 넋을 놓고 보게 될 것 같지만, 그건 그것대로 사람을 죽이는 도구다.

살인을 위해 특화된 기능미다.

그런 사실을 다 알고도 넋을 놓고 보게 된다. 물론 그런 전제를 이해하고 있다고 가슴을 펴고 말할 만큼 나는 전쟁에 관해 잘 알지 못한다. …그와 동시에 전쟁을 모르는 세대니까, 라고 정색하고 말하기도 어렵다.

그도 그럴 것이 태어난 이후 사반세기 동안에도, 21세기에도, 일본의 연호가 레이와令和로 바뀐 뒤에도 세상 어딘가에서는 늘 전쟁이 일어나고 있다는 사실을 나는 결코 모르지 않기 때문이다. …확실히 병역의 의무가 없는 일본에서는 인식하기가 매우 어렵지만, 저격총이며 지뢰며 전차가 일상적인 풍경에 녹아들어 있는 지역은 분명 존재하고, 내가 죽을 때까지는 없어질 것 같지도 않다.

모르는 것이 아니다.

잊고 있을 뿐이다.

아니… 잊은 척을 하고 있을 뿐이다.

쿄코 씨처럼 머리를 저격당하고 싶은 것은 아니지만, 나는 나 내로 나 자신의 미스터리뇌를 풀어 두어야 사건의 본질을 정확히 파악한 채 전쟁 범죄자와 대결할 수 있을 거다.

크건 작건, 현실이건 가상이건, 온갖 전쟁의 도구를 동원하고 있는 화이트 호스를, 나는 미스터리 소설에 등장하는 괴인 이십 면상이나 모리어티 교수 같은 빌런으로 여기고 있지는 않나? 그런 식으로 접근해서는 정체에 다가서기는커녕 전쟁 범죄자의 본 체로부터 멀어질 수밖에 없다. …어쩌면 그렇게 엔터테인먼트의 세계로 도망침으로써 현실에서의 대결을 피하려 하고 있는 것인지도 모른다.

하지만 그래서는 안 된다.

어떤 결론에 다다르건, 전쟁과 똑바로 마주해야 한다.

그렇다면 세계적으로 보아도 전쟁의 상흔이 고스란히 남아 있는 장소 중 한 곳인 히메유리 탑으로 향하는 것은 지극히 자연스러운 일이다. 굳이 말하자면 어른의 수학여행이다. 스마트폰이 없어서 가는 방법은 호텔 프런트 담당자에게 물어보기로 했다. 물어보니 아무래도 추라우미만큼 멀지는 않은 듯했지만, 가는 길이 다소 복잡한 것 같았다. 유이 레일을 타고, 버스를 타고, 다시 버스를 갈아타야 갈 수 있다고 한다…. 추라우미처럼 직행 버스는 다니지 않는다.

어쩔 수 없는 일이다.

히메유리 탑은 관광지와는 다르니.

택시를 타면 편하게 갈 수 있겠지만, 도주 생활 첫날부터 얼마 되지도 않는 예산을 탕진할 수는 없는 일이다…. 익숙지 않은 여행지에서 버스를 갈아타는 것은 일본 국내라 해도 난이도가 높은 일이지만, 그 정도에 겁을 집어먹고 있을 상황도 아니다.

일찍이 나는 버스에서 '이번에 내립니다'라고 적힌 하차벨을 직접 눌러 본 적이 없을 만큼 주체성이 없는 수동적인 인간이었고 지금도 적극적으로 하차벨을 누르는 사람은 아니지만 오늘만큼은 그런 자세로 있을 수 없다. …결국 버스를 한 번 갈아타는 과정에서 두 번이나 엉뚱한 버스를 탔고(어째서인지 리조트 호텔행 송영버스를 타고 말았다), 심지어는 그렇게나 알기 쉬운 유이 레일조차 잘못 타고 말았지만(반대 방향으로 가는 차량을 탔다), 해가 지기 전에는 목적지에 도착할 수 있었다.

입구 부근에서 꽃을 구입해 위령비에 헌화한다.

정류장에서 버스를 기다리는 동안에는 히메유리 평화 기념 자료관을 둘러보고 오키나와 전투 당시의 일을 제대로 알고 나서 헌화하는 게 적절하지 않을까 싶었지만, 실제로 히메유리 탑을 보고 나니 도저히 그곳을 그냥 지나칠 수가 없었다.

그 비극을 전혀, 아주 모르는 것은 아니었기 때문이다….

그렇다고는 해도 수험을 위해 배운 지식으로만 안다는 것을 또렷하게 자각하고 있는 탓인지, 히메유리 탑뿐 아니라 이런 장소에 오니 주눅이 들었다. 흥미 본위로 오기는커녕 오히려 절실함마저 있었지만 막상 여기까지 와서 보니 나 같은 인간이 오기에는 아직 이른 곳이었나, 라는 생각도 들기 시작했다.

멍청한 놈.

지금이 이르면 적당한 타이밍은 언제인데.

투표는 물론이고 입후보도 할 수 있는 나이잖아.

물론 자료관도 입장료를 내자 평범하게 들어갈 수 있었다. 진짜 수학여행이나 소풍을 온 현지 학생들과 맞닥뜨리지는 않을까 싶어 겁이 나기는 했지만, 아무래도 계절상 그런 시기는 아니었는지 표시된 관람 경로를 따라 자료관 안을 나아갔다. 호텔의 체크인 시간이 되려면 아직 멀었고 도착했을 때 도로 맞은편으로 건너가서 조사해 둔 돌아가는 버스 시간에도 여유가 있다. 급한 용건이 있는 것도 아니고 하니 다른 관람객들에게 민폐가 되지 않는 범위에서 느긋하게 자료를 열람하기로 했다.

당연한 일이지만, 역시 교과서에 실려 있는 것이 세상의 진부가 아니라는 사실을 몸소 체감할 수 있었다. …물론 히메유리 탑까지 오지 않고 집에서 인터넷 검색만 해 봐도 충분히 지식은 얻을 수 있었을 테지만, 집요하게 말하자면 내 스마트폰은 수리 중인 것도 아니다. 데이터를 복원할 수 있을지조차 알 수 없다.

그렇기에 천천히 시간을 들여서, 배움이 부족한 분야의 인식을 새로이 할 수 있다면 나도 스마트폰을 일시적으로나마 손에서 놓은 보람이 있다고 할 수 있을지도 모른다. 바쁜 현대 사회에서 분리된 덕분에 겨우 어른의 수학여행을 올 결심이 섰다고 볼 수도 있으리라…. 아니, 스마트폰으로 오는 길을 검색할 수 있었다면 한 시간 정도는 빨리 올 수 있었으려나.

아무튼, 어찌 되었건 나는 계시라도 받은 듯 찾아온 히메유리 탑에서 진짜 수학여행이나 소풍을 온 현지 학생들과는 조우하지 않은 대신… 이라고 하기는 좀 그렇지만, 생각지도 못했던 인물과 오키나와라는 곳에서 조우했다. 제6전시실, 평화로 가는 광장에서의 만남이었다.

"어라? 그 키는, 카쿠시다테 군?"

일단은 이래봬도 도주 중인 몸이라 모자를 깊이 눌러쓰고 부직포 마스크를 쓰는 정도의 변장은 했지만 신장身長으로 들키고 말았다. …이거야말로 진정한 신원身元 노출이 아닐까. 그에 반

해 상대는 변장 같은 것은 전혀 하지 않았다. …카리유시 웨어[*]
를 입고 현지에 녹아들려 하고 있다는 점에서 보면 변장이라 할
수 있겠지만 모자로 머리를 가리지도, 마스크로 얼굴을 가리지
도, 버치 수사관처럼 선글라스를 쓰고 있지도 않았다.

하지만 '그녀'의 경우 그렇게 맨얼굴로 있는 것 자체가 변장이
라고 할 수도 있었다. …왜냐하면 '그녀'의 직업은 만화가이고
사토이 아리츠구라는 남성의 이름으로 활동하고 있기 때문이다.

복면은 안 쓰고 있지만 복면 작가인 것이다.

"사토이 선생님…."

뜻밖의 새회였다.

너무 뜻밖이라 내 현재 위치를 아는 유일한 남자, 콘도 씨의
배려가 아닐까 의심될 정도다. 출판사 관리직인 콘도 씨는 사토
이 선생님의 담당 편집자였던 적이 있었기 때문이다. 그런 인연
이 있어 내가 중개하는 모양새로 사토이 선생님의 일터에서 발
생한 도난 사건을 망각 탐정이 해결한 적이 있었다. 이 누명왕
이 누명 피해자이자 의뢰인으로서 사건에 관여하지 않았던 지극
히 보기 드문 경우다.

그 일이 아니었다면 사토이 선생님도 이런 식으로 사근사근하
게 말을 걸어오지 않았을 거다. …세상 사람들이 한번 범인으로

※카리유시 웨어 : 오키나와판 알로하 셔츠.

몰랐던 인간에게 얼마나 매정한지는 불과 얼마 전 쿄코 씨를 통해 경험한 탓에 단언할 수 있었다.

아무튼 놀랐다고 해야 할지, 솔직히 말해서 식겁했다…. 이런 식으로 아무 전조도 없이 초기 멤버가 등장해 버리면 마치 모종의 최종회 같지 않은가. 제발 콘도 씨의 배려였으면!

"오, 오랜만에 뵙습니다. 그간의 활약상은 익히 들었습니다…."

마치 전직 탐정 같은 인사가 되고 말았지만 그간의 활약상을 알고 있다는 말은 결코 인사치레가 아니었다. 그 도난 사건 이후, 인터넷 매체로 새로 개시한 새 연재작 『알레그로 에티켓』은 열차 안에서 본 광고에 따르면 벌써 누계 천만 부를 돌파했다고 한다. 딱히 미디어 믹스를 하지 않았음에도 이 정도 숫자가 된 것은 굉장한 정도를 넘어서 다소 이상할 정도다. 하지만 그런 인기 만화를 연재 중인 작가가 오키나와 여행을 하고 있다니…. 설마 그녀도 전쟁 범죄자나 FBI 수사관에게 목숨을 위협받고 있는 걸까?

"혹시 다음 주는 취재를 위해 휴재하십니까?"

"아니, 그 연재는 이제 끝났어. 최종화까지 다 그렸거든. 그건 팔릴 만큼 팔렸으니 이제 됐어."

"……."

만화가는 모두 천재라는 이야기를 콘도 씨에게 들은 적이 있는데, 개중에서도 이 선생님은 특출한 것 같다. 순간적으로 맞장구를 칠 말이 떠오르질 않았다. 진상에 도달하고 나면 사건에 관심을 잃는 명탐정을 보는 것 같다.

"하지만 취재를 하러 온 것이기는 해. 취재 여행 중이야. 다음 작품을 구상하고 있어. 역시 명탐정의 조수다운걸."

내 직업에 대한 장대한 오해가 있는 것 같다.

뭐, 하지만 내가 누명왕이라는 걸 모르는 몇 안 되는 사람에게 굳이 자랑이라도 하듯이 그 칭호를 밝힐 생각은 없다.

취재 여행이라면 이 우연스러운 만남이 콘도 씨의 배려일 가능성은 맥없이 사라져 버린 셈이다…. 안 그래도 나름의 위치에 있는 콘도 씨가 출판사가 애지중지하는 잘나가는 만화가를 내 여행의 가이드로 파견했을 리가 없다고는 생각했지만. 과거의 상사에게 그 정도의 우정을 기대하는 건 뻔뻔한 짓이다.

마감으로부터 도망치는 중이 아닌 게 어딘가.

그렇다면 이 우연을 단순한 우연으로 치부할 것인지, 아니면 의미가 있는 우연으로 여길지는 나에게 달린 일이다…. 나 자신도 모자란 학식을 내 나름대로 벌충하고자 이 자료관의 사진을 보고 문장을 읽어 온 것이지만, 천재의 눈을 통해 보면 그 자료들은 어떻게 보일까?

또한 다른 관점에서도 궁금한 것이 있었다.

천만 부를 돌파한 잘나가는 만화가는 흔히 말하는 미스터리 작가는 아니지만 엔터테인먼트 분야에서 그 이름을 떨치고 있다. 그런데 전쟁의 상흔을 취재하러 왔다니, 상당히 무거운 테마가 아닌가.

전쟁의 도구를 미스터리 용어와 대등하게 다루는 것이 경솔하게 느껴져서 그런 내 인식을 조정하기 위해 이곳에 온 것이지만, 사토이 선생님은 차기작에서 사회파로 전향할 생각인 걸까?

"역시 성공한 사람으로서 앞으로는 이런 전쟁의 상흔을 다음 세대에 전해 나가는 중책을 짊어지기로 하신 겁니까?"

"아니. 다음 작품은 근미래를 무대로 한 몽글몽글 학원 코미디야. 하지만 그런 걸 그리기에 앞서서, 내가 과거의 비극을 알고 그리는가 모르고 그리는가에 따라 내용이 확 바뀔 테니까."

생각했던 것보다 더 천재였다.

이전에 만났을 때는 좌우간 사건 한복판에 있을 때이다 보니 이 사람의 작품 같은 것을 그다지 깊이 들여다볼 수 없었지만…. 평온한 일상에 살며시 숨어 있는 강렬한 개성이라는 것도 있기 마련이다.

평온한 일상….

하지만 사토이 선생님은 그런 식으로 해석하고 감탄한 나를 보고 "하지만 모르고 그리는 게 나았을 것 같아."라는, 매우 낙차가 큰 말을 내뱉었다.

"아무것도 모르는 바보가 그리는 편이, 메시지로서는 옳았을지도 모르겠어. 안 좋은 일은 하나도 일어나지 않는, 친구와 다투지도 않는 평화로운 학원 생활을 그리고 싶었지만, 그런 건 기만에 불과하다는 생각이 들기 시작했거든."

그건 픽션이기 이전에 그냥 거짓말이잖아.

사토이 선생님은 가라앉은 목소리로 말했다… 이렇게 기분이 극단적으로 널뛰듯 하는 것도 천재성의 일단—端인지도 모르겠지만, 우연히 재회한 것뿐인 나에게 날것 그대로의 감정을 숨기지도 않고 부딪혀 오다니.

나 같은 것과의 재회를 기뻐해 주는 듯했던 미소가 갑자기 사라졌다.

뭘까, 멋진 신센구미新選組를 주제로 한 만화를 그리려고 취재를 하다 보니 그들의 잔학한 행위나 그 시대의 치안이 얼마나 취약했는지를 알게 되는 바람에 도저히 초심처럼 그릴 수가 없었다, 같은 이야기일까? 아니면 이번 경우에는 불량배 만화가 불량배에 대한 동경을 부추긴다는 딜레마라든지, 밝은 러브코미디를 그리던 도중에 성범죄의 실태를 알게 되어 펜이 멈추고 말았다는 예시 쪽이 더 적절할까…? 미스터리 업계의 경우를 예로 들자면 어린 첫 손자를 살해당한 추리소설 작가가 그 후에도 추리소설을 계속 쓸 수 있을까에 대한 사고 실험 같은 것이라도 한 걸까?

"나 말이야. 첫 히트작 때, 전쟁을 주제로 했었어."

첫 히트작이라는 파워 워드도 지금은 약하디약하게 들렸다.

"전쟁이라 한들 이세계 판타지물이라, 정령이니 몬스터가 인간과 싸우는 이야기였는데. 아직 어렸던 10대 때 작풍이라 캐릭터들은 무모하게, 용감하게 서로 싸웠거든. 근데 그게 먹히더라고. 천 년에 걸쳐 싸웠던 적국을 멸망시켰을 때는 독자 설문조사에서 압도적인 차이로 1위를 하기도 했는데, 잘 생각해 보니 일국을 멸망시켰잖아? 잘 생각해 보니, 라고 말했지만 활약을 펼치는 주인공들의 이면에서 얼마나 많은 목숨이 사라졌을지, 당시의 나는 생각도 못 했어."

"그건… 하지만 읽는 쪽은 현실과 공상을 구분하고 읽잖아요. 만화란 그런 것 아닙니까?"

"그럴까? 만화란 그런 걸까? 그리고 있는 내 쪽은, 딱히 공상이라고 생각하고 그리지 않았어. 그릴 때는 만화 쪽이 현실이었다고."

크리에이터도 엔터테이너도 아닌 나는 무슨 짓을 해도 사토이 선생님과 같은 눈높이에서 이야기할 수 있을 것 같지 않지만, 곰곰이 생각해 보니 다른 사건에서 다른 만화가 선생님과 이런 이야기를 한 적이 있었지… 만화의 영향을 받은 독자가 죄를 저지르거나 자살했을 때, 작가에게도 책임이 있을까, 같은 이야기를.

하지만 내가 그런 경위를 떠올리는 동안 사토이 선생님은,

"그렇다면 내가 별생각 없이 그린 만화로 인해서, 전쟁이 일어날지도 모르잖아. 멋지다고 생각해서 대학살을 그려 버린다거나. 화끈한 전개를 위해서 침략 전쟁을 그려 버린다거나. 별생각 없이 그린 적은 없어도 고증을 대충 했다는 점에는 변함이 없으니까."

그런 스케일이 다른 이야기를 해 왔다. …아주 웃어넘길 수는 없는 이야기다.

한 작품으로 누계 천만 부나 나간 작품은, 분명히 말해서 독자에 대한 발신력과 세간에 대한 영향력을 지니고 있다. …그런 인간이 전쟁을 긍정적으로 다루면 좋은 쪽으로든 나쁜 쪽으로든 그 메시지가 전파되어 버릴지도 모른다.

그것도 이상하게 왜곡되어 전파되고 만다.

그런 시점에서 보면 표현의 자유에는 책임이 따른다. 책임으로부터 자유로운 것은 아니다.

미스터리와 병기의 상성에 관한 답을 내지 못하고 있는 나의 고민과 종류는 다르지만 그럼에도 카테고리는 같다. 의도치 않게 누명왕과 천재의 공통점을 발견하긴 했지만, 그 사실을 기뻐할 상황은 아니다. …각오를 다지고 조금 더 파내려 가 보자.

"그런 경험이 있었기에, 사토이 선생님은 다음 작품을 그리기 전에 이곳으로 취재를 오신 것 아닌가요? 적어도 모르고 그리는 게 낫지는 않았을 겁니다…. 어떤 지식이든 알고 있어서 나쁠

건 없잖아요."

"나이를 먹고 경험을 쌓다 보면, 어릴 적처럼은 그릴 수 없게 되었음을 알게 돼. 어리고 무지하고 분별력이 없는 바보였던 시절에는, 아무것도 신경 쓰지 않고 쭉쭉 그릴 수 있었지. 고증 같은 건 안중에도 없었어. 난잡함이 미덕이었다고. 나 자신의 그런 경박함이 싫어서 이번에는 제대로 취재를 하자고 마음먹은 건데, 더 싫어졌어. 알면 알수록, 만화 같은 걸 그릴 때가 아니라는 생각이 들어."

숨을 죽였다.

각오했던 바와 다른 사태가 초래되려 하고 있다.

아아, 저런 식으로 생각된다면 확실히 이 사람이 다음 세대에 메시지를 전하는 건 무리다. 자료관에 들어오기 전, 나에게는 아직 이르지 않나 하는 생각을 했었는데, 이 사람이야말로 아직 일렀던 게 아닐까.

아이들에게 전쟁의 비참함을 전하기 위해서랍시고 아무런 필터도 거치지 않고, 전쟁 피해를 있는 그대로 곧장 전하면 그냥 트라우마가 되어서 역효과만 나는 것과 같은 이치다.

천재의 의견을 듣고 싶었던 것뿐인데 히트 메이커가 붓을 꺾네 마네 하는 이야기로 번져 버렸다. …내 가슴속에만 담아 둔다고 끝날 이야기가 아니게 되었다.

큰 은혜를 입은 콘도 씨에게 뭐라고 사과를 해야 할지 모르겠다.

괜히 깊이 파고들었다가 내가 그쪽으로 유도한 것처럼 된 면도 있고… 우연히 나를 만난 탓에 가슴에 뭉게뭉게 솟아나던 그런 생각을, 천재가 입 밖에 내고 말았다. 토로해서는 안 될 본심을.

"이, 일단 좀 진정하세요, 사토이 선생님. '만화 같은 것'이라니, 다른 사람도 아니고 선생님이 그런 소릴 하시면 안 되죠. 게다가 선생님과 관련된 일로 얼마나 많은 사람들이 먹고사는데요."

"하지만 팔리는 만화는 누구나 그릴 수 있어. 내가 안 하면 다른 누군가가 하겠지."

이의는 있지만 일단은 흘려듣자. 나는 동업자가 아니니.

동업자는커녕 무직자가 말한들 설득력이 없겠지만, 사토이 선생님과 관련된 일로 먹고사는 사람 중 하나가 된 기분으로 나는 말을 이었다.

"아까 본인도 말씀하셨잖아요. 한 권의 만화가 전쟁을 일으킬지도 모른다고… 그렇다면 마찬가지로 한 권의 만화가 전쟁을 막을 수도 있는 일 아닙니까."

"그럴 일은 없을걸."

이상한 데서 현실적이네.

좀 거만해지면 어디 덧나나.

그야 뭐, 나도 그런 일이 일어날 거라 생각하고 말한 건 아니지만… 미사어구로 설득할 수 있는 상대가 아니다. 게다가 사토이 선생님의 경우에는 정면으로 반전을 주장하는 작품을 그리는 것도 내키지 않겠지.

"응. 많이 알려지지는 않았지만, 사실은 한 번 그런 설교라도 하는 듯한 걸 그렸다가 연재 중단당한 적이 있어."

천재도 연재 중단을 당하는구나…. 그래서 별로 안 알려진 거군.

과연, 이라는 말밖에 안 나온다.

명탐정을 좋아하는 성격상, 나는 사회파 미스터리를 방계傍系처럼 대하는 경우가 많지만 모종의 사회 문제를 엔터테인먼트의 소재로 삼는 데에는 트릭이나 괴인을 만드는 것과 완전히 다른 사고 체계가 필요할 거다.

"잘 알지도 못하는 주제에, 아는 분위기를 풍기며 설교를 해대서 연재 중단이 된 거라고도 할 수 있지. 하지만 잘 알았다면 더 빨리 연재 중단이 됐을지도 몰라. 설교를 넘어서 변명처럼 되어 버렸을 테니까. '실제 사건 및 단체와는 관련 없습니다' '전문가의 감수를 거친 내용입니다' '개인의 감상입니다'. 그런 변명을 붙이고 싶은 알리바이 공작 같은 지식이 잔뜩 들어가서. 게다가 엔터테인먼트에 사회 문제를 집어넣는 건, 아이들을 속여서 공부시키는 것 같은 기분이 들지 않아?"

"아아… 녹황색 채소를 다져서 햄버그에 넣는 것 같은 경우 말씀이시군요. 하지만 그래도 공부는 되잖아요."

"전시 중의 교육과 마찬가지야. '훌륭한 군인이 되자'라고 아이들을 교육하려는 것과 같다고. 아니, 현대의 교육 역시 근본은 같을지도… 내가 어떤 차기작을 그리든, 전쟁이 일어나면 아이들이 동원될 테니까. 요컨대 전쟁은, 세상물정 모르는 아이들을 속여서 전장에 보내는 짓이야."

천재의 눈에는 그렇게 보이는 건가.

그 관점에 있어서는 무조건 이르다고 할 정도는 아닌 듯했다. 오히려 나보다 훨씬 올곧게 이해하고 있다.

"대자연의 산물인 저 동굴을 방공호나 야전병원으로 개조하고는, 그 결과가 해산 명령이었다니*. 하지만 이러쿵저러쿵 과거를 나무라듯이 말했지만, 내가 하려는 짓도 분명 같을 거야. 다정한 세계관의 학원물로 잠시 속일 수는 있을지 몰라도, 언젠가 그걸 읽은 천만 명은 내가 거짓말쟁이에 불과하다는 걸 알게 되겠지. 거짓말로 억대의 돈을 벌었다는 걸 알게 될 거야."

거짓말로 억대의 돈을 벌었다니.

잘나가는 작가는 하는 말마다 스케일이 크네.

※히메유리 탑은 오키나와 전투 당시 여고생으로 구성된 간호부대 '히메유리 부대'의 전몰자를 기리는 탑으로, 미군에게 포위되자 야전병원으로 사용되던 동굴에서 여학생과 교사 모두가 일본군의 강요로 자결하여 목숨을 끊었다.

"그렇다면 이제 만화 자체도, 그만 되지 않았나 싶어서. 떨떠 름한 마음으로 차기작을 그리지 않아도 소기 은퇴해서 검소하게 살면, 평생 먹고살 만큼의 가처분소득은 있으니까. 사기를 쳐서 번 고정자산이."

어째서 만화가 선생들은 다들 이렇게 내 앞에서 은퇴를 결심 하는 거람…. 기억을 더듬어 보자, 쿄코 씨는 어떻게 해서 후모 토 선생님의 은퇴 선언을 철회시켰더라? 그래, '당신의 만화는 그리 재미있지 않으니 독자에게 미칠 영향력도 없다'고 도발(?) 했었지… 그런 소릴 어떻게 해? 사토이 선생님은 누가 어떻게 읽어도 영향을 받을 영향력의 화신이다. 전체 누계 판매량만 보 아도 천만 부를 우습게 넘길 정도니 말이다.

본인도 그 사실을 자각하고 있기에 이렇게 망설이고 있는 것 일 테지만… 한 직장에 안착해 본 적이 없는 내가 뭐라 말할 수 있는 문제가 아니라는 것은 안다. 번듯한 결과를 내고 있는 사 람에게 인생의 목적조차 없는 인간이 대체 무슨 말을 한다는 말 인가?

일을 관두고 싶다거나 맡은 일이 무의미하게 느껴진다는 말은 누구나 한번은 하기 마련이니, 그런 말을 일일이 진지하게 들을 필요는 없다는 의견도 있지만 그건 만화 속 전쟁은 결국 지어낸 이야기니 진지하게 생각할 것 없다고 떼쳐 내는 것과 다를 바가 없다.

직시하고 싶지 않은 인간의 과오 같은 것을 받아들이기 버거워하고 있는 사토이 선생님의 마음을 가볍게 여겨서는 안 된다고 생각한다. …아니, 받아들이지 못하고 있는 것은 나고, 사토이 선생님은 정면으로 받아들였다. 무신경한 내가 그런 장면에 어슬렁어슬렁 끼어든 것뿐이다. 나 같은 범재凡才가 천재天才에게 공감할 수 있을 리가 없는 것이다. …아니, 글쎄.

히메유리 평화 기념 자료관에 와서 슬픔이 밀려들어 만화가를 그만두기로 했다는 건, 뭔가 좀 아닌 것 같은데. 이곳은 배움을 멈추는 장소가 아니다. 전쟁이 비극이고 세계가 불온하다고 재미있는 것이나 즐거운 것을 전부 금지하는 건 너무도 디스토피아적인 일 아닌가?

전쟁은 있다. 전쟁이 아니라도 압정壓政은 있다.

그렇다.

잊어서는 안 될 일이다.

하지만 과거에 있었던 전쟁의 비참함을 지금의 아이들에게 전달하는 건, 아이들 역시 영원토록 비참함을 맛보게 하기 위해서가 아니다. 만화와 추리소설을 당연하다는 듯이 읽을 수 있는 시대가 얼마나 귀중하고 고마운 것인지 알게 하기 위해서다…. 그런 당연함을 포기하는 일이 있어서는 안 된다. 설령 누계 천만 부를 팔아 치운 작가라 해도 그럴 권리는 없다. 전쟁 때문에 집필 활동을 자숙하겠다니, 그거야말로 전시가 아닌가. 에도가

와 란포의 소설이 다시 검열 대상이 되는 세상은 생각하고 싶지도 않다. 그건 셜록 홈스를 읽을 수 없는 시대를 긍정하는 것과 다르지 않다.

엔터테인먼트가 전쟁보다 약할 리가 없다.

그럴 리가 없다.

오락이 인간을 못쓰게 만든다고? 웃기지 마. 아무리 생각해도 전쟁이 더 인간을 못쓰게 만들잖아⋯ 그럴 바에는 저격총을, 지뢰를, 전차를 미스터리의 도구로 만들어 버리는 게 낫다.

병기 따위 놀잇감으로 만들어 버리자.

그러니 만약 펜을 꺾고 싶다면⋯ 이 시대에서 조기 하차하고 싶다면, 재능이 다 떨어졌다거나, 억대의 돈을 벌었더니 동기 부여가 안 된다거나, 압박감에 못 이겨 망가졌다는 등, 다른 이유를 찾게 하자.

나를 만난 탓으로 돌리기라도 하면 난감하기도 할 테고⋯ 정말이지 그런 누명은 사양하고 싶다.

"알겠습니다. 아무래도 일시적인 감정으로 하시는 말씀은 아닌 것 같으니, 콘도 씨에게는 제 쪽에서 전해 드리죠. 직접 말씀하기는 껄끄러우실 테니까요."

"어?"

"사토이 선생님의 그 뛰어난 감수성은 솔직히 말해서 매우 감탄스럽습니다. 하지만 이건 제 개인적인 부탁인데, 부디 같은 감수성을 가지고 추라우미 수족관으로 가 주시겠어요? 가능하면 이다음에 바로."

"콘도 씨에게? 그럼, 아니… 추라우미 수족관에? 어째서?"

"같은 감수성으로 오키나와의, 모태의 바다의 생명력을 보시면 다시 창작 의욕이 샘솟지 않을까 싶어서요…. 카리유시 웨어도 잘 어울리지만, 일단 근처 매점에서 우민추* 티셔츠로 갈아입으시는 건 어떨까요? 이곳, 이토만糸滿은 어촌이기도 하거든요."

3

그날 밤, 오키나와에 있는 적당한 가격대의 호텔에서 조용히 숙박할 예정이었던 나라는 도망자는 어째서인지 그 예약을 취소하고 혼슈*의, 그것도 허허벌판이 된 오키테가미 빌딩의 터에 서 있었다.

어째서?

그걸 지금부터 설명하겠다.

물론 오키나와의 바다도 관광객이 막연하게 상상하는 것만큼

※우민추(海人) : 오키나와 방언으로 해녀를 비롯해 어업을 업으로 삼는 사람들 전반을 가리키는 말. 우민추라 적힌 티셔츠는 오키나와의 대표적 기념품 중 하나이다.
※혼슈(本州) : 일본은 크게 네 개의 섬인 홋카이도, 혼슈, 시코쿠, 규슈로 이루어져 있다. 혼슈는 그중 가장 큰 지역.

티 없이 맑고 푸른 바다가 아니고, 사토이 선생님이 미세 플라스틱 문제에 공감하는 전개로 발전할 수 있을지도 모르고, 내의견은 얕은 바다보다도 얕지만, 머나먼 오키나와까지 와서 어두운 측면만 알고 돌아가는 것은 좀 그렇지 않은가. 인간은 더럽다, 인간은 만악의 근원이다, 지구의 암적인 존재다, 라고 단정 짓고 끝내는 건 너무도 어린 철학이다. 아예 즐기지 못하는 것도 올바른 모습 같지는 않다. 빛과 그림자, 양쪽 모두를 접하고 같은 결론을 내린다면, 자립한 어른의 판단이기도 하니 내가 참견할 필요는 없을 거다. …아니, 자립한 어른치고 사토이 선생님은 아직 자아가 확립되었다고 보기 어려울 것 같지만. 아무튼 애초부터 그녀의 인생에 내가 참견할 필요는 없었지만 대화의 흐름이란 참 무서운 것이라 나는 그 후, 천만 부 급의 인기작가와 추라우미 수족관에서 데이트를 하게 되었다. 뿐만 아니라 해가 질 때까지 스쿠버 다이빙을 한 것도 모자라 플라이 보드까지 신나게 즐겼다. 물론 소키 소바도 먹었다. 사토이 선생님은 아와모리*도 잡수셨다. 몰랐던 사실인데 의외로 오키나와에서는 생선 요리를 안 먹는다는 모양이다.

　내가 생각해도 콘도 씨에게 보수라도 받고 싶을 정도로 극진한 접대였지만, 택시비를 비롯한 예산이 전부 사토이 선생님의

※아와모리 : 오키나와에서 만드는 증류주.

주머니에서 나왔으니 딱히 불만은 없다. …아니, 불만은커녕 몇 번이고 감사 인사를 해야 할 것 같다.

그건 추라우미에서 매너티를 볼 수 있었기 때문만은 아니다. 출판계의 손실이 눈앞으로 다가와 있어서 중간부터 그런 계산은 완전히 잊고 있었지만, 사토이 선생님과의 대화 속에서 힌트를 발견했기 때문이다.

한 번 더 망각 탐정 식으로 말하자면.

방금 뭐라고 말씀하셨죠…? 가 되겠다.

'대자연의 산물인 저 동굴을 방공호나 야전병원으로 개조하고 는….'

방공호.

히메유리 평화 기념 자료관에도 그 축소 모형이 있었다.

영세중립국인 스위스는 일찍이 한 집에 하나씩, 핵 방공호가 배치되어 있었다는데… 저녁 식사를 하고서 사토이 선생님과 헤어진 후, 나는 그 말이 새삼 마음에 걸렸다.

과연, 오키테가미 빌딩은 분명 포격을 당해 기둥 하나 남지 않고 무너졌다…. 출현 장소와 도주처는 확장현실로 교묘하게 위장했을지 모르지만 포격 자체는 실제로 있었다. 굳이 말하자면 리얼, 현실이다.

그 잔해는 나도 이 눈으로 확인했다.

하지만 평화에 찌든 머저리인 나에게는 비일상의 상징인 전차에 의한 포격을 과대평가한 것은 아니었나? 과대평가는 몰라도 이미지의 비대화는 있었다. 그건 그것대로 신입관이나.

아무리 튼튼하기 그지없는 오키테가미 빌딩이라도 전차의 공격 앞에서는 무력하다⋯. 고도의 보안 체계가 깔려 있었지만 그런 대규모적이면서도 물리적인 침략 행위에 대비하기 위한 것은 아니었다.

나는 그렇게 생각했지만⋯ 잠깐, 정말 그럴까?

평범한 탐정 사무소라면 당연히 그럴 것이다. 탐정 사무소가 되었건 명탐정 사무소가 되었건 그럴 거다. 단, 오키테가미 쿄코는 탐정이자 명탐정이기 이전에 망각 탐정이다. 가능성이 높건 낮건 가리지 않고 여러 가지 가설을, 무수히 많은 가설을 검증하는 망라 추리를 구사한다. ⋯그런 그녀가 '탐정 사무소가 전차의 공격을 받는다'는 비현실적인 가능성을, 전혀 고려하지 않았을까?

운석이 떨어지는 사태까지 고려했을 거다.

그러니 구체적으로 전차는 아니어도, 예를 들어 지진이나 태풍과 같은 천재지변으로 건물이 괴멸적인 대미지를 입을 사태를 전혀 고려하지 않았을 리가 없다.

분명 건물 그 자체는 흔적도 남지 않았다. 말 그대로 잿더미가 되었다. FBI 수사관이 적었다고 주장한 침실 천장의 글씨도 사라졌다. 하루마다 모든 관계성이 리셋되는 오키테가미 쿄코에게

있어 유일하게 움직이지 않는 부동不動의 물체였던 부동산不動産
은 증거처럼 은폐되었다.

하지만 그것은 어디까지 **지상 건물**의 이야기다.

3층짜리 건물.

허허벌판이 된 그 **땅 아래**에, 어떤 기상천외한 천재지변에도,
그리고 전쟁이 일어나도 꿈쩍도 않을 만큼 튼튼한 지하실이 있
으리라 짐작하는 것은 그렇게까지 엉뚱한 추리가 아닐 거다.

나는 단골 의뢰인으로서 몇 번이나 오키테가미 빌딩을 방문
했고, 심지어는 닷새 동안 묵었던 적도 있지만 그런 지하실의
존재는 모른다. …하지만 모른다고 해서 없다고 결론지을 수는
없다.

그도 그럴 것이, 망각 탐정이 아닌가.

비밀 유지 의무를 절대 엄수하는 명탐정이 아닌가.

일개 의뢰인에 불과한 내가 존재조차 파악하지 못한 비밀의
공간이 없다고 생각하는 게 오히려 부자연스럽다. 침실에는 들
어가지 말아 달라고 못을 박았던 그 말은 사실 유도책이 아니었
을까?

실제로 스위스뿐 아니라 외국에서는 결코 보기 드문 일이 아
니라고 한다. 전쟁이나 재해를 상정한 금고 같은 지하 방공호
는… 국내에서도 판매되고 있다. 몇 년은 생활이 가능한 식량과
음료수, 약, 갈아입을 옷, 그리고 발전기에 샤워시설, 무전기

등의 설비를 완비한 작은 방…. 나라에 따라서는 총기까지 갖춰져 있어 진짜로 요새나 다름없다. 전차는 물론이고 좀비의 습격에도 살아남을 수 있다. 그리고 만약 오키테가미 빌딩에 그런 지하 방공호가 있었다면 쿄코 씨는 그곳에 무엇을 숨길까?

어떤 증거를, 인멸되지 않도록 은닉할까?

모르겠다. 나로서는 상상도 안 된다.

하지만 무엇이 되었건, 그것은 분명 모종의 비망록일 거다. …어쩌면 이제 제 역할을 못 하게 된 왼팔의 비망록보다 중요도가 높은 비망록일지 모른다.

궁극의 백업본 말이다.

쿄코 씨가 잊어버린 미스터리 용어들을 망가진 스마트폰의 데이터처럼 복원하여 재인스톨할 수 있을 만큼의… 그렇다면 나는 오키나와의 바다에서 플라이 보드나 즐기고 있을 때가 아니다. 그게 아니라도 내 인생에서 플라이 보드를 즐겨도 될 시간은 없겠지만… 아무튼 아쉽지만 나는 도주 생활을 접어야만 했다.

망명을 하기는커녕 당일치기 여행이 되고 말았다. 그렇게 마지막 비행기편을 겨우 잡아타, 간신히 시간상 날짜가 바뀌기 전에 오키테가미 탐정 사무소의 터에 도착한 것이다.

한밤중인 탓에 우민추 티셔츠만 입고 있자니 쌀쌀하다. 기온차가 엄청나다.

다만 지금은 웃옷을 입을 시간마저 아깝다. 허허벌판이 되었다지만 실제로 불타 버린 건축 자재와 가구, 산산조각 난 철근 콘크리트의 잔해가 흩어져 있어서, 냉정하게 생각하면 있을지 없을지도 분명치 않은 지하실의 입구를 찾는 일은 무척 어려울 듯했다.

굴착기가 있으면 좋겠지만, 남의 손을 빌릴 수는 없다.

만약 이 비밀이 (있을 경우) 화이트 호스에게 알려지면 전쟁 범죄자는 틀림없이 그 방공호를, 안에 있는 백업본과 함께 파괴하러 올 것이다. 누구의 힘도 빌리지 않고 나 혼자서 수색을 해야만 한다.

유일하게 의지할 수 있는 남자였던 콘도 씨에게는 사토이 선생님과 신나게 데이트를 하고 난 뒤라 겸연쩍어서 부탁할 수가 없다. 이런 낭패가 다 있나, 갈수록 내가 고독해지고 있다. 이대로 가면 나도 사라져 버리는 게 아닐까.

하지만 일단 탐색의 기준은 있다.

오키테가미 탐정 사무소의 붕괴는 어엿한 파괴 행동이자 형사 사건인지라 소방대뿐 아니라 경찰도 현장검증을 했을 것이다. 그럼에도 발견되지 않았다는 것을 전제로 하는 거다.

프로의 검증을 피한 문을 찾는 것은 상당히 어려운 일일 것 같지만 이번 경우로 말하자면, 그 프로들은 그런 문이 있을 거라 생각하고 구석구석 찾아다니지는 않았을 거다…. 비밀 공간을 찾는 로맨티스트 수사원도 있었을지 모르지만, 그보다는 아무리 생각해도 사라져 버린 전차를 찾는 게 우선일 것이다.

또한 소유자인 쿄쿄 씨가 입원 중인 이상, 건축재가 뇌었건 폐자재가 되었건 함부로 움직이거나 처분하지 못하리란 것도 전제 중 하나다. …아직 발견되지 않았다면 문은 잔해에 파묻혀 있지 않을까?

그리고 프로가 아닌 생초짜인 내게 유리한 점이 있다면, 내가 오키테가미 탐정 사무소의 단골 고객이라는 점이다.

앞서 말했듯이 이 단골 고객은 지하 방공호를 소개받은 적은 없다. 다만 천장에 글씨가 쓰여 있던 침실을 비롯해서 다른 모든 방을 알고 있다. 부엌도 욕실도 화장실도, 벽장도 응접실도, 워크 인 클로젯도.

과거의 그 건물이 건축기준법을 준수했을 거라 생각하지는 않지만 (그야말로 많은 추리소설의 무대가 된 '저택'과 마찬가지로) 그럼에도 건물을 올린 이상, 최소한 지켜야만 하는 기본 틀이라는 것은 있기 마련이다.

그러지 않으면 강도를 유지할 수 없을 테니.

지진이 일어나지 않더라도 평범하게 생활을 하는 것만으로 건물이 기울어져서, 최악의 경우에는 전차가 굳이 쏘지 않아도 붕괴… 보안을 절대 중시하는 망각 탐정이 그런 성의 없는 위법 건축을 용납할 리가 없다.

위법 건축을 했을 수는 있어도 결함 주택일 리는 없는 것이다.

그리고 상황이 이렇게 되자 내 경력이 빛을 발했다.

원래 그런 고층 건물에서 아득바득 일하고 있다가 누명을 쓴 게 사건의 시작이기는 했지만, 나는 건축 현장에서 노동에 종사했었다. …물론 건축사로서 설계도를 그렸던 건 아니지만 최소한의 지식을 익힐 만큼의 시간은 있었다, 잘리기 전까지는.

무거운 빌딩 바로 아래에 방공호를 설치한다면 어느 위치를 중심으로 할 것이며 그 입구가 될 해치는 어디에 배치할까? 지반과 기둥, 배관에 걸리지 않도록… 물론 평시에는 발견하기 어렵도록 세심하게 숨겨 둘 필요가 있다.

발견하기 어렵도록, 이라는 정도로는 부족하겠지.

지상의 건물이 말끔하게 날아가 버렸다는 사실이 과연 지하 입구를 찾는 일을 쉽게 만들어 줄지 어떨지는 모르겠지만… 내 나름의 확장현실로 오키테가미 빌딩을 재건해 보기로 했다. 스마트폰이 없어도, 코드를 읽어 들이지 않아도, 기억 속 사무소의 전체 구조도를 이미지하는 정도는 할 수 있다는 걸 증명해 보이자.

기술을 평화적으로 이용하는 거다.

당연히 같은 실수를 반복할 수는 없는 일이니 발치를 조심하며 수색에 나섰다. 내가 이렇게 현장검증을 하러 나타날 걸 예상하고 화이트 호스가 이 허허벌판에 또다시 지뢰를 설치했을 가능성은, 솔직히 말해서 지하 방공호가 존재할 가능성보다 높다. FBI 요원의 방식으로 헤아리자면, 이 수색은 내게 다섯 번째 생명의 위기다.

방공호가 있을 것인가, 내가 폭사할 것인가가 걸린 양자택일의 문제… 아니, 현실적인 가능성을 하나 더 언급하자면 사건 현장을 어지럽히던 내가 재해 현장 털이범으로 신고되어서, 달려온 지역 경찰에게 어이없게 체포될 가능성도 있을 것이다.

어찌 되었건 평온한 미래는 없다.

바람직한 전개는 비밀문을 찾는 것일 테지만, 그 세기의 대발견은 어쩌면 지뢰나 지역 경찰보다 무서운 것일지도 모른다. … 쿄코 씨의, 말 그대로 가장 깊은 곳에 숨겨진 비밀에 허가도 없이 다가서는 것이니 말이다.

4

비밀문은 어이없을 만큼 쉽게 발견됐다. 정말로 그게 비밀문인지 아닌지 의심될 정도로 쉽게. 그다지 묻혀 있지도 않았고 지뢰도 설치되어 있지 않았다…. 이건 지하 방공호라기보다는 그냥 지하실 아닌가?

분명 척 봐도 두껍고 튼튼해 보이는 철문이라 들어 올리기가 쉽지 않을 만큼 무거웠지만, 아무래도 잠겨 있지도 않은 것 같고… 아니, 방공호라 해도 밖에서 잠가 두지는 않으려나. 여차

할 때 곧장 뛰어들 수 있도록 평시에는 잠금장치를 해제해 두어야 방공호를 설치하는 의미가 있을 테니. 굳이 잠근다면 안쪽에서 잠글 것이다.

주변에 있던 철근으로 지렛대의 원리를 이용하여 어찌어찌 문을 들어 올렸다. 놀랍게도 지하 깊은 곳으로 사다리가 이어져 있었다.

바닥이 보이지 않는다.

일반적으로 이런 정체 모를 공간에, 제대로 준비도 하지 않고 어슬렁어슬렁 내려가는 것은 그냥 바보다. 하지만 지금은 일반적인 상황이 아닐뿐더러 나는 명탐정도 아닌 그냥 바보인지라 제대로 준비도 하지 않고 어슬렁어슬렁 사다리를 내려갔다.

당연히 내려가기 전에 문을 닫아 두는 것도 잊지 않았다. 매너의 문제가 아니라 열어 두었다가 비밀 지하 방공호의 존재를 이웃들에게 들켜서는 그야말로 비밀 운운할 상황이 아니게 될 것이기 때문이다. 여기 있다고 깃발을 세우는 것이나 다름이 없는 일이다. 다만 핵 방공호는 예상했던 것보다도 밀폐도가 상당해서 따로 잠그지도 않았는데 문을 쿵, 하고 닫자마자 주변이 깜깜해져 버렸다.

문틈에 뭔가를 끼워서 한 줄기라도 빛이 들도록 했어야 했나… 뭐, 어찌 되었건 한밤중이니 마음을 의지하기에는 턱없이 부족한 정도의 빛만 들이쳤을 것이다. 이쯤 되자 AR 같은 것과

는 무관하게 스마트폰을 잃었다는 사실이 새삼 뼈아프게 느껴졌
다…. 정말 새삼스럽게도 말이다. 손전등 기능이 아니라도 화면
에 불이 들어오게만 해도 동굴에서 보물찾기를 하는 데 횃불처
럼 유용하게 쓰였을 것이다.

아아, 만약 내가 흡연자였다면 라이터나 성냥을 가지고 있었
을 텐데… 하는 생각에, 최초 사건 당시의 일을 그리워하며 사
다리를 손으로 더듬어 계속 내려간다. 포승줄에 묶여 있었다면
분명 생명줄로 쓸 수도 있었을 거다.

사토이 선생에게 들은 취재의 성과에 따르면, 오키나와에서는
수평 동굴을 가마, 수직 동굴을 아부라고 부른다고 한다… 뭐,
금속이 사방을 둘러싸고 있는 이 수직굴은 명백히 사람의 손으
로 만든 것이지만. 지하 동굴을 이용해 만든 시설이 아니다. 체
감상으로는 핵核 방공호인 만큼 지구의 핵까지 이어져 있는 게
아닐까 싶을 만큼 시간이 걸렸지만, 당연히 그럴 리는 없어서
내 발은 땅속 밑바닥에 착지했다.

땅속 밑바닥이라는 표현은 다소 과한 것 같지만, 아무튼 만약
깊이를 지레짐작하고 지상에서 힘껏 뛰어내렸다면 죽고도 남을
높이였다. 그야말로 높고도 깊었다. 스마트폰이라도 망가지고
남을 고층… 이 아니라 지하층이니 나에게 어울리는 죽음이라
할 수도 있겠지만… 그런 죽음은 면한 셈이다.

하지만 발이 닿기는 했어도 마음은 공중에 있을 때보다 훨씬

불안하다…. 한치 앞도 안 보이는 어둠 때문이 아니라 대체 내가 어떤 공간에 있는지 전혀 짐작도 안 되었기 때문이다.

침착하자.

어떤 공간이 되었건 생활공간이기는 할 거다.

이곳이 유사시에 오랜 기간, 최대한 쾌적하게 생활할 수 있게 만든 피난처라면 당연히 전기는 공급되어야 할 테고, 그렇다면 건축 설계상 펜던트 조명* 같은 것의 스위치가 사다리 근처의 벽에 있을 거다.

나는 비밀문을 찾을 때보다 훨씬 힘들게, 어둠 속에서 모든 신경을 동원하여 손가락을 더듬어 그것으로 추정되는 스위치를 찾아냈다…. 펜던트 조명의 스위치일지, 아니면 자폭 스위치일지는 그다지 주의를 기울여 확인해 보지도 않고 탁, 하고 스위치를 켰다.

다행히도, 전자였다.

천장에 매달려 있던 LED 램프가 (강도는 그렇게까지 강하지 않을 테지만) 갑자기 환하게 밝혀져서 섬광탄이 터지는 광경이라도 본 듯 눈앞이 아찔해졌다…. 눈이 부신 가운데서도 이 공간이 상상했던 것보다는 넓은 방이라는 것 정도는 파악할 수 있었다.

※펜던트 조명 : '드롭'이나 '서스펜더'라고도 하며 일반적으로 코드, 체인, 금속 막대로 천장에 매달려 있는 조명 기구를 일컫는다.

그 방의 중앙에.

너덜너덜한 옷을 걸친 시체가 엎드린 자세로 널브러져 있는 것도… 시체?!

"으… 으왁!"

넓다고는 해도 완전한 밀폐 공간인 탓에 내 목소리도 있는 대로 반향되었다…. 다른 곳도 아니고 탐정 사무소 아래에, 시체가 숨겨져 있었다고?

느닷없이 밀실 살인 사건?!

그럴 수가… 쿄코 씨가, 시체를 숨겨 두고 있었다고? 비망록의 백업본도, 과거의 일지도, 수기도, 지금까지의 사건 수사 파일도 아니고… 이게 쿄코 씨의 비밀인가?

땅 속에 시체를 묻어 두고 있었다?

내가 단골 고객으로 문턱이 닳도록 다닌 이 탐정 사무소 밑바닥에, 이런 형용하기 어려운 비밀이 숨겨져 있었을 줄이야…. 그럼 시체 위에서 나의 누명을 벗겨 주고 있었던 건가?

대체 언제부터 여기에… 내가 처음으로 이 사무소를 찾아왔을 때보다 전부터 있었던 걸까, 이 시신은? 아니면 설마, 시체를 숨기기 위해 그 견고한 건물을 세운 건가? 서서히 눈이 익기 시작했지만 놀란 가슴은 전혀 진정되지 않았다…. 지금 당장 이 공간에서 달아나고 싶은 충동에 휩싸였다. 모든 것을 뒤로한 채 그야말로 해외로… 다신 돌아오지 못해도 좋으니 달아나고 싶다는 충동에.

달아나지 않은 이유는 크게 나누어 둘이다.

하나는 실제로 발걸음을 돌렸지만 지상까지 사다리를 타고 올라가야 한다는, 평소 생활 습관과는 거리가 먼 행동을 허둥지둥하려고 한 결과, 사다리를 잡은 손이 미끄러졌기 때문이다…. 키가 2미터에 가까운 몸뚱이는 내 생각보다 훨씬 민첩하게 움직이질 않았다.

그리고 또 하나의 이유는.

"엑…?"

넝마를 걸친 시체가 약간 움직인 것 같았기 때문이다.

엉덩방아를 찧는 바람에 시야가 흔들려 그런 착각이 든 것뿐인지도 모른다…. 하지만 아무리 내 체중이 헤비급이라도 핵 방공호를 뒤흔들 만큼 무겁지는 않을 거다.

움직였다?

설마… **아직 살아 있는 건가?**

그럴 리가.

그럴 리가 없음에도 나는 기다시피 해서 빈사 상태일지도 모르는 시체에게 빠르게 다가갔다…. 지하 감옥에 오랜 세월 동안 숨만 붙은 상태로 감금되어 있는 의문의 인물은 그야말로 고전 미스터리의 정석적인 요소라 할 수 있지만… 황급히 다가가 보고서 역시 그런 일은 있을 수 없다는 사실을 새삼 깨달았다.

이 역시 두 가지 이유 때문이다.

첫 번째 이유는, 빈사 상태일지도 모르는 엎드린 사세의 시체는 애초에 시체가 아니었다는 것이다. …그리고 또 하나의 이유는, 시체가 아닌 그것이 입고 있던 게 너덜너덜한 옷이 아니었다는 것이다. 아무리 빛에 현기증이 난 상태였다고는 해도 이렇게 가까이 갈 때까지 못 알아채다니, 나 자신의 어리석음에 현기증이 나는 것만 같았다.

길리 슈트.

밀림에 잠복할 때, 풍경에 카멜레온처럼 녹아들기 위한 위장 패턴이 적용된 것으로, 은밀성이 특히 뛰어나서 **저격수가** 자주 착용하는 군복….

"화… 화이트 호스…!"

간신히 그 이름을 외치기는 했지만 내가 의식을 유지할 수 있었던 것은 거기까지였다. 엎드린 자세에서 순식간에 몸을 돌린 길리 슈트는 우민추 티셔츠의 멱살 부분을 잡자마자 그대로 나를 휘감아 고속 회전하여 그라운드 기술을 걸었다.

척 보아도 군대 격투기였다.

「오키테가미 쿄코의 방공호」 명기銘記

오키테가미 쿄코의

감찰표

제5화

오키테가미 쿄코의 징병제

1

어리석었다. …내가 이 말을 대체 인생에서 몇 번 쓰게 될지는 모르겠지만, 어리석었다. 차라리 내 성으로 삼아 버릴까 싶을 정도다. 어리석음 야쿠스케.

어째서 비밀문을 그렇게 쉽게, 싱거울 만큼 쉽게 발견할 수 있었던 것인지, 어째서 부주의하게도 잠겨 있지 않았던 것인지를, 나는 좀 더 깊이 생각해 봤어야 했다. …그야말로 땅속 깊이 이어진 곳인 만큼, 깊이 생각했어야 했다. 문이 그다지 잔해에 묻혀 있지 않았던 것은 내가 운이 좋았던 게 아니라, 내가 덜 수 있었던 노력을 먼저 해서 그 비밀문을 찾아낸 누군가가 있었기 때문인지도 모를 일이고, 잠겨 있지 않았던 것은 유사시에 금방 뛰어들 수 있게 하기 위해서였을 수도 있지만, 한발 먼저 그 견고한 문의 잠금장치를 연 누군가가 있었기 때문인지도 모를 일이 아니었나.

세상에는 나밖에 없다고 생각하기라도 했던 걸까?

그 어떤 가능성도 망라網羅하지 못했다.

카드키를 지닌 내가 닥치는 대로 보안장치를 해제한 탓에 탐정이 아니게 된 쿄코 씨가 그 건물의 고층까지 아무 보안 절차도 거치지 않고 올라올 수 있었던 것과 이론적으로는 같다. 그리고 오키테가미 빌딩에 비밀 지하 방공호가 있을 거라는 코페

르니쿠스적 전환 같은 대발견을 한 게 나쁘다라고 착각을 한 것이 무엇보다도 어리석었다. 내가 알아챌 만한 일은 누구든 알아챌 수 있고, 애초에 그 지하 방공호에 숨어들기 위해 걸리적거리는 지상 건물을 흔적도 없이 날려 버린 것이라고 생각할 수도 있었건만.

허허벌판에 위험하기 그지없는 지뢰가 설치되어 있지 않았던 것은 본인이 있기 때문이라고 예상하는 것도 불가능하지는 않았다. 전차와 함께 모습을 감춘 범인은 대체 어디로 행방을 감췄을까? 자신이 파괴한 건물의 터를 다음 범행 계획을 짜기 위한 아지트로, 본거지로 삼을 것이라고는 전혀 생각도 못 했지만, 동시에 이곳이 아니면 어디를 본거지로 삼겠는가 싶기도 하다. 굳이 말하자면 저격수는 '범인은 현장으로 돌아온다'는 말을 몸소 실천한 셈이다.

미스터리 작품의 문맥을 이렇게까지 존중해 줄 줄이야.

그리고 지금의 쿄코 씨의 맹점을 이렇게나 사정없이 찌를 줄이야.

그러고 보니 오키나와의 자연 동굴은 방공호나 병원으로 개조되었을 뿐 아니라, 최전선의 군사기지로 이용되기도 했다고 했던가…. 극단적으로 말하자면, 요컨대 나는 그 문을 발견했을 때 어이없어 할 게 아니라 철문 위에 그냥 주저앉기만 해도, 혹은 잔해를 다시 얹어 놓기만 해도 범인을 붙잡을 수 있었을지도 모르는 것이다….

군인을. 전쟁 범죄자를.

일찍이 쿄코 씨의 팬클럽 회원이었던 화이트 호스를.

하지만 나는 누군가가 먼저 와 있을 것이라고는 꿈에도 모른 채 느긋하게, 깜깜한 게 무섭다는 이유로 태평하게 조명 스위치나 찾고 있었다. 한 치 앞이 아니라 주변 전체가 어둠으로 가득하다는 사실도 알아채지 못한 채. 그러는 동안 적은 초대받지 않은 손님 앞에서 순발력을 발휘해 시체인 척 엎드려 대처했다.

나의 미스터리뇌를 이용해 지하 감옥 밀실 살인 사건을 연출했다… 그렇게 함으로써 나에게서 (만약 그런 것이 있었다면) 냉정한 사고를 빼앗고 '아아, 이 전개는 알아. 읽은 적이 있어'라는 생각에 무방비하게 멱살에 손이 닿을 범위까지 오도록 유인했다.

자, 지하에서 이루어진 이 백병전에서 과연 나는 처리되었을까? 아니면 군인은 민간인을 죽이지 않았을까?

나의 생사는, 세 줄 뒤에 밝혀진다.

2

의식이 돌아오자마자, 꿈이라고 생각했다.

하지만 간부의 저격으로부터 시작된 오키테가미 쿄코 살인 사건, 공사 현장 고층에 설치된 지뢰, 전차에 의한 탐정 사무소 파괴, 그리고 히트메이커와의 해후에서 이어진 예상치 못한 핵 방공호의 발견과 같은 일련의 드라마틱한 흐름이 모두 꿈이었다는, 미스터리 소설에서는 이름 높은 반칙 중 하나인 '꿈 결말'이 여기서도 적용되었다는 '반전'은 아니다. …그에 대한 현실감은 통증과 함께 넌더리가 나도록 똑똑히 느껴지니 말이다.

오히려 정신이 들고 나자 새삼 꿈을 꾸고 있는 게 아닐까, 하는 생각이 들었다. 꿈도 많은 내가 아니더라도 추리소설 팬이라면 누구나 그런 생각을 하지 않을까.

이곳은 그런 공간이었다.

그림으로도 그리지 못할, 꿈만 같은 곳.

어둠 속에서 밝혀진 강렬한 펜던트 조명에 좀처럼 눈이 익지 않은 데다, 그 직후에 '변사체'의 '최초 발견자'가 되는 바람에 주변에 대한 경계가 소홀해지고 말았지만… 지하실치고는 의외로 넓다는 것만 파악할 수 있었던 이 공간이 재해로부터의 피난처인 동시에, 전쟁을 전제로 한 방공호일 뿐만 아니라, 미스터리 마니아들이 침을 질질 흘릴 '도서관'이기도 하다는 사실이 백일하에 드러났기 때문이다.

백일하白日下라기 보다는, LED 램프의 불빛 아래였지만.

천재지변이 되었건 인재가 되었건 충격을 받았을 때 쓰러지지 않도록 하기 위해서인지 네모난 벽에 책장이 매립되어 있었는데, 그 높이도 높다란 천장에 거의 닿을 정도였다. 모든 사람이 동경하는, 사다리가 달린 중후한 풍격의 책장인 것도 모자라 유리문 너머에 꽂혀 있는 것은 모두 추리소설이었다.

동서고금의 추리소설들이 주욱 늘어선 모습이 그야말로 압권이었다. …동서고금東西古今이라는 것은 간토關東 지방의 미스터리, 간사이關西 지방의 미스터리라는 뜻이 아니고 서양과 동양을 아우른다는 뜻으로, 일본어뿐 아니라 다양한 언어가 적힌 책등이 방공호의 벽을 컬러풀하게 물들이고 있었다.

그러고 보니 국회도서관은 수장된 책을 관리하기 위해 기온과 습도를 완벽하게 조정하고 있고, 만에 하나 화재가 발생하면 스프링클러가 아니라 산소의 농도를 떨어뜨려 불을 끄는, 국제미술관에 버금가는 대책을 마련해 두고 있다는 이야기를 들었는데… 전율할 수밖에 없었다. 방공호는 방공호라도 대량의 책을 보존하기 위한 방공호에 왔던 건가?

뭐, 이 도서실… 아니, **오키테가미 문고**文庫에 관해 말하자면 수장되어 있는 수많은 추리소설의 보존상태가 좋다고는 할 수 없었다. 책등만 보아도 상당히 가혹할 정도로 많이 읽었다는 것을 알 수 있을 만큼 모든 책이 너덜너덜했다.

'사건 현장에는 백 번 가 봐라'가 아니라 '백 번은 읽어 봐라'라는 말을 한 권으로 실천한 것 같다.

책장 여기저기 보이는, 눈을 의심하게 되는 희구본稀覯本도 고서점에 들고 가면 아마도 값을 후려쳐서 싸게 팔 수밖에 없을 거다. 그런 희구본은, 아니 게 아니라 고서점에서 일한 적이 있는 내가 아니라면 추리소설이라는 걸 알아볼 수 없을 듯한 마니악한 해외의 추리소설과 나란히 꽂혀 있어서 질서정연한 비장의 컬렉션이라 할 만한 광경도 아니었다.

팔기 위한 것도, 자랑하기 위한 것도 아니다.

읽기 위한 컬렉션이다.

그것도 셀 수 없이 거듭, 반복해서, 거듭거듭 읽기 위한 컬렉션… 한 번 읽은 책이라 해도 신선하게 다시 읽을 수 있는, 하루면 기억이 리셋되는 망각 탐정만을 위한 문고다.

만약 천재지변이 일어난다 해도, 설령 전쟁이 일어난다 해도 이 오키테가미 문고에 틀어박혀 있으면 평생 읽을 책이 없어서 난감할 일은 없을 거다. 세상이 멸망한 후에도, 인류 최후의 한 사람이 되어도 계속 추리소설을 읽을 수 있다. 탐정 사무소 지하 깊숙한 곳에 숨겨져 있던 것은 비망록의 백업본도, 수전노가 쌓아 둔 금괴도, 패션리더의 옷장도, 하물며 감옥에 감금된 변사체도 아니고… 책장이었다.

고개를 돌려 찾아보니 예전 사건에서 쿄코 씨가 의뢰비 대신 받았던 추리소설 작가 스나가 히루베에의 저서 백 권도 책장에서 발견할 수 있었다. …영락없이 전차 포격으로 불타 버렸을 줄 알고 우울함에 잠겼었지만, 미리 이쪽 방공호로 피신시켜 두었던 것이다.

괜한 걱정을 하고 말았다. …게다가 하나 마나 한 **추측**이었다. 역시 쿄코 씨는 오키테가미 빌딩이 산산조각으로 파괴되는 사태를 자신의 장기인 망라 추리로 사전에 예상해 두었던 것이다.

그렇다면 예상하지 못했던 것은 저격수에 의한 저격….

"…나는 당신이 부러워."

그때.

지금까지 여러 명탐정들 덕분에 누명을 벗어 온 누명왕으로서는 어쩔 수 없는 일이기는 했지만, 꿈을 꾸는 듯한 기분에 젖은 채 벽에 매립된 책장에 정신을 팔고 있던 나는 그 목소리를 듣고 방의 중앙으로 시선을 던졌다.

그리고 경악했다.

"쿄… 쿄코 씨?!"

아니. 아니다.

나무만 보고 숲은 보지 못한다는 속담이 있기는 하지만, 마치 숲과 같은 길리 슈트를 착용한 그 인물의 뺨과 이마, 두 눈의 주변까지 위장 크림을 바른 얼굴은 분명 내가 아는 오키테가미 쿄코과 똑 닮긴 했어도 '그녀'는 오키테가미 쿄코일 수가 없었다.

안경을 쓰지 않았다거나, 길리 슈트와 일체화한 듯 보일 만큼 기른 머리카락의 색이 진녹색이라는 점이나, 입원해 있는 쿄코 씨의 이마에는 상처를 막기 위한 거즈가 붙어 있기 때문이라거나 하는 이유가 아니다.

안경은 얼마든지 벗을 수 있고, 패션을 한 가지 색상으로 통일하기 위해 가발을 쓸 수도 있다…. 얼굴에 꿰맨 것도 아니니 거즈도 간단히 떼어 버릴 수 있을 거다. 길리 슈트라는 기이한 패션도 그 촌스러운 파자마에 비하면 오히려 세련되어 보일 정도다. 품에 안고 있는 저격소총도 과감한 패션 아이템으로 봐 줄 수 있다.

그런 게 아니라.

'그녀'가 책장에서 꺼낸 것으로 보이는 몇 권의 두꺼운 추리소설을 쌓아 올린 곳에 앉아 있었기 때문이다. 안락의자 탐정도 아닌 쿄코 씨가 **책 위에 앉을 리가 없다.**

"누… 누구시죠?"

"화이트 호스. 몰랐던 거야, 누명왕?"

말투는 거칠었지만 목소리도, 그리고 억양도 쿄코 씨와 똑 닮았다. 하지만 '그녀'는 당당하게 말했다. …화이트 호스라고.

다시 말해 쿄코 씨로 변장해서 나를 속이려는 게 아니다…. 복면 작가처럼 정체를 숨긴 것도, 길리 슈트로 위장한 것도 아니고, 위장 크림을 바르고는 있지만 이것이 화이트 호스의 맨얼굴인 것이다.

"싸… 쌍둥이?"

설마 '쌍둥이 트릭'? 이제 와서?

감금된 쌍둥이 형제라니, 누명왕이 아니라 암굴왕[*] 같은 이야기지만… 아니, 암굴왕은 무슨, 이 군인은 감금되어 있었던 게 아니다. 그런 의미에서 보면 나와 다를 게 없는 불법 침입자다.

"새빨간 거짓말처럼 믿기지 않겠지만 다른 사람이야. 하얀 그 사람과는 생판 남이라고. 굳이 말하자면 닮은꼴이지. 그 덕분에 나는 한때 맘의 대역을 맡았었어. …맘이 은퇴할 때까지. 전범으로 감옥에 갇혀 있던 중에 맘의 눈에 들어 진짜로 팔려 갔었지. 당시 일본 화폐로 삼백 엔 정도였던가?"

"……."

맘… 맴…? 군대에서는 여성 지휘관을 그렇게 부른다고 했던가? 서sir가 아니라 맴ma'am… 그게 대체 누구지?

생각도 하기 싫지만, 생각하고 말 것도 없다.

"군인이라 그렇게 부르는 건 아니야. 우리는 패밀리거든. 패밀리였어. 그래서 맘이라고 부르는 거야[*]."

그 말을 들으니 더더욱 영어권처럼 느껴지는데… 하지만 겉모습만 보면 뜻밖에도 쿄코 씨와 같은 아시아 계열로 보였다. 대역…? 하지만 맘이나 패밀리라는 뉘앙스에 쿄코 씨를 대입해서

※암굴왕 : 알렉상드르 뒤마의 소설인 『몬테크리스토 백작』의 일본판 제목. 다만 감금된 쌍둥이 형제와 관련이 있는 것은 작가의 다른 작품인 『철가면』이다.
※일본어에서는 'ma'am'과 'mom'의 독음이 둘 다 '맘(ヮム)'으로 동일하다.

생각하니 위화감을 거둘 수가 없었다. 그녀의 고고함, 굳이 말하자면 천애 고독하다는 이미지와 그다지 어울리지 않았기 때문이다.

머리에 총을 맞고 입원했음에도 연락해 오는 친족이 없다. 그것이 쿄코 씨의 이미지이다.

아니, 하지만 인식표라면….

전쟁 드라마를 너무 많이 봤다는 비난을 무릅쓰고 말하자면, 흔히 말하는 도그 태그는 기본적으로 두 장이 한 세트였다. 두 도그 태그의 내용은 같은데 병사가 전사할 경우, 한 장은 시체에 남겨 두고 나머지 한 장은 동료가 가지고 돌아간다. 회수된 도그 태그는 유품으로 유족에게 전달된다. 시체에 한 장을 남겨 두는 것은 그 후… 그러니까, 시체가 손상되거나… 그래, 썩거나 해도 다른 시체와 구분할 수 있는 ID로 삼기 위해서다.

전장에 남겨진 한 장과 고향으로 돌아온 한 장.

오키테가미 쿄코의… 감찰표鑑札票.

"맘이 은퇴한 뒤로는, 내가 맘이 되었어. 대역이 아니라 본인이 되었다고. 맘이 탐정이 된 것처럼…. 그나저나 허를 찔러 공격해 주거나 하면 좋겠는데 말이야."

그 갑작스러운 말을 듣고서야 나는 자신이 손을 뒤로 한 채 묶이지도 않았고, 재갈을 물고 있기는커녕 상처 하나 나지 않았음을 뒤늦게 알아챘다. 다리로 압박한 목에 멍이 들었을지도 모르겠지만, 어쨌든 구속되지는 않았다.

아무런 속박도 받고 있지 않다.

이 도서관에 비치된 독서대 같은 집기에 아무렇게나 눕혀져 있을 뿐이었다. 포로를 대하는 것치고는 말도 안 되게 처우가 좋다.

"아니면 도망치려 하거나. 그러면 당신을 쏠 구실이 생기니까. …다른 사람도 아니고 내가 실수로 죽일 기회를 놓치다니."

처우가 좋은 게 아니었던 것 같다.

품에 안고 있는 저격소총은 당연히 장거리용 총화기이기는 하지만, 그렇다고 근거리에서 쓰지 못하는 것은 아니다. 대는 소를 포함하듯이, 원거리는 근거리를 포함하기 마련이다.

뭘까, 화이트 호스는 포로 학대를 스스로 금하고 있는 걸까? 전쟁 범죄자인데?

"내가 전쟁 범죄자였던 건 맘에게 삼백 엔에 팔리기 전까지의 이야기야. 누명왕이라면 이해할 텐데? 나라가 정한 법률에 비추어 보았을 때 유죄라면, 그건 유죄겠지. 내가 유죄 판결을 받은 법률은 이제 존재하지 않는 나라의 법률이지만. …어딘지는 묻지 말라고. 나는 대답해 버리는 녀석이니까. 일이 이렇게 된 김에 심문하고 싶은 건 오히려 나라고."

제멋대로 떠들어 대고 있다.

이쪽이야말로 쿄코 씨의 얼굴로 비난조의 말을 듣고 있으니,

굳이 제네바 조약으로 금지된 고문을 받지 않아도 술술 답해 버릴 것 같았다. 저격에 특화된 저 패션은 대역이라기보다 격투 게임에서 말하는 쿄코 씨의 2P 캐릭터*처럼 보였지만.

심문.

그러기 위해 살려 둔 게 아니라 어쩌다 보니 살아 있는 듯한 느낌을 지울 수가 없다…. 그라운드 기술로 목을 졸라 죽였어도 이상할 게 없는 상황이었다.

"제가 대답할 수 있는 거라면, 뭐든 대답해 드리죠."

"뭐야, 시시하게."

"하지만 그 전에… 앉아 있는 책에서 내려와 주시겠습니까?"

그 모습으로, 라는 말까지는 하지 않았다.

"아아, 이거? 당신이 일어날 때까지 이렇게 스무 권 정도를 대충 읽어 봤는데, 잘 모르겠네. 한두 명, 많아 봐야 열 명 남짓의 사람이 죽었을 뿐인데 웬 난리들이람. 그런 건 딱히 이상한 일도 아니잖아."

화이트 호스는 다리를 벌리고 앉은 채, 일어날 생각을 안 했다. 하지만 입 밖에 내는 말은 도발이나 비판이라기보다는, 말 그대로 그냥 이상하다고 생각해서 의문을 말로 옮기고 있는 듯한 뉘앙스였다.

※2P 캐릭터 : '플레이어2'를 뜻하는 말로, 대전 격투 게임에서는 같은 캐릭터를 선택해도 서로를 구분할 수 있도록 복장을 다르게 설정하거나 색상을 반전시키기도 한다.

"차라리 페이지를 찢어서 천 마리 학이라도 접어 볼까 싶더라. 이 나라에서는 그렇게 해서 죽은 사람의 넋을 기린다며? 그 정도밖에 써먹을 데가 없을 것 같던데."

추리소설로 만든 천 마리 학이라.

페이지를 찢는다는 건 천벌받아 마땅한 일이지만, 그 발상은 살짝 멋지게 들렸다. …픽션에 등장하는 저격수의 이미지와는 달리 유머 감각이 결여된 사람은 아닌 모양이다.

"당신의 넋을 기리는 데 말이야."

웃을 수가 없는 유머이기는 했지만.

하지만 그렇게 오랫동안 의식을 잃었던 것 같지도 않은데, 아무리 속독을 했다지만 의자 삼아 앉을 수 있을 만큼의 책을 다 읽다니… 겉모습뿐 아니라 그 능력도 쿄코 씨를 연상케 했다.

그래서 대역을 맡았던 건가? 겉모습뿐 아니라… 내면도 닮아서.

"명탐정… 하. 맘은 이런 게 되고 싶었던 건가? 잘 모르겠어. 패밀리를 버리고 나한테 모든 걸 떠맡기고서, 세계 평화를 등지면서까지 되고 싶었던 게, 이딴 싸구려 히어로였어?"

"…저는 몇 번이나 도움을 받았습니다. 궁지에 빠진 상황에서, 쿄코 씨에게."

"그 부분을 자세히 듣고 싶어, 누명왕. 맘의 현재… 오늘今日의 활동에 어떤 의미가 있는지. 그에 따라 내 내일의 활동도 크게 달라질 것 같거든."

아직 총구를 겨누고 있지는 않다.

하지만 그럼에도 살의를 팍팍 날려 대고 있다는 게 느껴진다. …사소한 계기만 있어도 죽일 것 같다. 느닷없이 내가 부럽다고 말했는데… 계속해서 쿄코 씨에게 신세만 지고 있는 나의 어떤 면이 죽이고 싶을 만큼 부럽다는 거지? 이 상황에서 벗어날 방법이 전혀 떠오르질 않는다…. 결국 1초라도 오래 살려면 '그녀'가 어디에 있는 무엇에 앉아 있건 질문에 답하는 수밖에 없는 건가.

1초의 시간을 번들 그 시간 동안 무언가를 할 수 있는 사람은 쿄코 씨뿐일 텐데… 아니, 이 길리 슈트도 그 1초를 이용할 줄 안다. 그렇기에 캐내려 하는 것이다. 나만이 아는 망각 탐정의 활동 이력을…. 이럴 수가, 진범과 일대일로 대결을 펼치는 노골적인 클라이맥스 장면이다. 비록 이곳이 파도치는 절벽 끝은 아니라지만 범인의 자백을 듣고 싶은 장면에서 거꾸로 이쪽이 속속들이 '비밀을 폭로'하는 꼴이 될 줄이야.

하지만 어째서 길리 슈트는 그런 게 듣고 싶은 거지? 왜 나를 죽이기 전에 시간을 끄는 거지? 내가 그에 관해 술술 털어놓은 들 망각 탐정은 이미 없건만…. 길리 슈트 본인이 말살하지 않았던가, 오키테가미 쿄코라는 개념을. 퇴역 군인을 징병하여 거친 전장에 복귀시키는 게 목적이라면, 그녀가 알지 못하는 그녀의 모험담 같은 건 아무래도 상관없지 않나? 그런 당연한 의문을 입 밖에 낼 수는 없는 일이라, 나는 이야기하기 시작했다.

내게 있어 망각 탐정 최초의 사건인 '다체문제 사건'을 비롯하여 예술을 이해하는 '오키테가미 쿄코의 추천문', 일에 관해 고찰하는 '오키테가미 쿄코의 사직서', 확대 자살의 확대 해석인 '오키테가미 쿄코의 유언서', 불행 중 다행인 '오키테가미 쿄코의 혼인신고서', 파리에 우뚝 섰던 '오키테가미 쿄코의 여행기', 교통기관을 연달아 갈아탔던 '오키테가미 쿄코의 승차권', 상대를 가리지 않았던 '오키테가미 쿄코의 도전장', 표리일체였던 '오키테가미 쿄코의 뒤표지', 컬러풀한 흰색인 '오키테가미 쿄코의 색견본', 폭발 직전의 '오키테가미 쿄코의 설계도', 소리와 무음의 '오키테가미 쿄코의 오선보', 우정이 넘치는 '오키테가미 쿄코의 전언판'… 그리고 마지막 인사라 할 수 있는, 오늘에 이르기까지의 이야기인 오키테가미 쿄코의 '비망록'에 관해서.

3

"이런이런~ 그렇군, 잘 들었어. 물론 사전조사를 미리 꼼꼼히 해 두기는 했지만… 나는 당신이 모르는 망각 탐정의 모험담도 안다고. '오키테가미 쿄코의 LOVE SONG'은 모르지…? 아무튼 그럼에도 당사자에게 듣는 체험담은 무미건조한 디지털 자료와 달리 묵직하네."

그런 면은 전쟁과 비슷하네.

화이트 호스는 비꼬듯이 그렇게 말했다. 누명왕인 나는 누구보다 '믿을 수 없는 화자'일지도 모르지만, 쿄코 씨와 관련된 일로 한정하자면 제1인자라고 자부할 수 있다.

나 이상의 망각 탐정 마니아는 없다.

하지만 아무리 더없이 완벽한 밀실에서 일대일로 마주하고 있는 상황이라지만, 아직 고문을 당한 것도 아닌데 어째서 비밀 유지 의무를 절대 엄수하는 탐정에 관해서 이렇게까지 나불나불 떠들어 대고 만 것인지, 이야기를 마치고 나서 생각해 보니 이상했다.

정상적인 판단력을 빼앗겼다.

살해당할 때까지의 시간을 벌기 위해 이야기를 한다 쳐도 좀 더 머리를 써서 이 전쟁 범죄자를 혼란에 빠뜨릴 정도로는 허와 실을 섞었어야 하지 않았을까?

"사실 지금까지 불안했거든. 혹시 나는 사람을 잘못 봐도 한참 잘못 본 게 아닐까 싶어서. 내가 아는 맘과 오키테가미 쿄코의 존재방식이 전혀 달라 보였거든. 하지만 당신의 이야기를 듣고 나니 완벽하게 이미지가 일치하네. 내가 아는 화이트 맘과 망각 탐정의 스타일이 말이야."

스타일.

패션 센스를 말하는 것은 아니다⋯. 베스트 드레서인 쿄코 씨와 촌스러운 파자마를 입은 쿄코 씨가 일치할 리가 없다.

"저는⋯ 사람을 잘못 본 거라고 생각하는데요."

"응?"

"솔직히 말해서 이렇게, 포로가 되어 있는 지금도⋯ 뭔가 터무니없는 오해에 휘말려 버린 듯한 기분이 드니까요. 쿄코 씨가 퇴역 군인이라니⋯ 누명 쓰는 일에 이골이 난 저이기에 그렇게 생각하는 건지도 모르겠지만요⋯."

"누명 쓰는 일에 이골이 난 게 아니라, 그냥 평화에 찌든 거겠지."

화이트 호스가 욕지거리를 하듯 말했다.

쿄코 씨의 얼굴로 나를 멸시하기 시작했다.

"전쟁을 예스러운 판타지라 생각해서 비현실적이라고 단정 짓고 있는 거야. 병기와 전략뿐 아니라 전사라는 단어에까지 거부 반응을 보이고 있다고 말하는 게 정확하려나? 뭐, 그래도 상관없어. 괜히 미화되는 것보다는 훨씬 낫고, 그런 평화에 찌든 머저리를 대량으로 양산하기 위해서 과거의 맘은 힘썼던 거니까."

살인 사건을 해결하듯이.

전쟁을 해결하려고 애썼던 거니까.

"저⋯ 전쟁을 해결하려고 했다고요?"

"그런 의미에서 보면 맘을 가리켜 군인이라고 하는 건, 잘못

돼도 한참 잘못된 표현이지. 굳이 비슷한 직업을 찾자면, 전쟁 조정인調停人이라고 해야 하려나… 이니면 진쟁 탐정?"

그녀는 키득키득 웃었지만, 평화에 찌든 나는 전혀 웃을 수가 없었다. 아마 모종의 농담을 한 것이겠지만, 나는 죽음이 코앞까지 다가온 전장에서의 농담을 듣고 웃을 수 있는 타입이 아니다.

"맘은 일국의 군대에 속해 있던 게 아니야. 그렇다고 용병이었던 것도 아니고. 오히려 그런 단체를 적으로 돌렸어. FBI는 물론이고 UN에게 찍힌 제1급 지명 수배범이었다고."

"U, UN이라니… 하다못해 인터폴 정도로 해 두시죠. 안 그러면 그런 현실성 없는 에피소드 토크를…."

"어째서?"

의아하다는 듯이 고개를 갸웃하며 물으면, 답할 수밖에. 답할 말이 궁하기는 하지만 그래도 답할 수밖에. 의식을 잃은 동안 나한테 자백제라도 놓았나? 그것도 제네바 조약으로 금지된 행위인 것 같은데….

"왜냐하면…."

"왜냐하면?"

추궁하는 듯한 말을 듣고 나는 말을 골랐다.

아니, 나는 평화에 찌든 머저리일지도 모르지만 그럼에도 뉴스는 보고 산다. 전 세계 이곳저곳에서 비참한 전쟁과 내분이 일어나고 있다는 사실을, 오늘까지 모르고 살지는 않았다. 종군 경험이 있는 인물에 비하면, 그야말로 비교도 안 될 만큼 무지하겠지만 이렇게까지 바보 취급을 당하니 기분이 상할 수밖에 없었다. 하지만.

"…왜냐하면, 한 사람이 전쟁을 멈추고 해결하는 게 가능할 리가 없잖습니까. 아닌 게 아니라 UN도 못 막는데. 인류는 계속 전쟁을 해 왔잖아요. 한 사람의 힘에는 한계가 있고요."

"그건 당신의 한계겠지. 맘은 이렇게 말했어. 한 사람의 힘에는 한계가 있지만, 한 사람 한 사람의 힘은 무한하다고…. 그럼에도 당신은 위령비 앞에서 기도祈禱나 하고 있을 거야?"

찍소리도 안 나온다.

마치 묵도默禱라도 하듯 입을 다물 수밖에 없었다.

"당신이 나한테서 도망친 것처럼 보이도록 오키나와로 날아갔다는 건 알아. 그 FBI 수사관은 정말 쓸데없는 짓만 골라서 한다니까."

"……? 만난 적도 없다고 했는데요?"

"그렇게 생각한다면 태평한 요원이네. 그런 도피행으로 나를 속일 수 있다고 생각한 당신만큼이나… 뭐, 나도 설마 하루도 안 돼서 당신이 이 핵 방공호로 돌아올 줄은 꿈에도 몰랐지만. 수학여행 코스처럼 히메유리 탑이랑 추라우미 수족관을 후딱 돌아보고 온 건가? 총알 투어라고 해도 될 정도네."

저격수가 총알 투어라고 하니 뭐라 할 말이 없다. …추가로 잘 나가는 작가와 스쿠버 다이빙도 했다는 밀은 입이 찢어져도 못 할 것 같지만. 어찌 되었건 쿄코 씨와 같은 얼굴로 그런 식으로 행동을 척척 알아맞히자 더더욱 침묵할 수밖에 없었다. 수학여 행에 비유했다는 것까지 꿰뚫어 보다니.

자백을 하는 보람이 없다.

"나쁘지 않은 코스지만 전쟁의 빛과 그림자를 동시에 견학하고 싶다면, 한 걸음 더 나아가서 생각해 보지 그랬어. 나는 행동에 나서기 전에 히로시마에 있는 평화 기념 자료관에서 기도를 하고 왔는데, 그 전후로 쿠레에 있는 야마토 박물관도 견학했어. 빛과 그림자를 배운다는 건 아마도 그런 걸 말하는 게 아닐까?"

사실은 오노미치*에도 들렀다 왔어.

그렇게 총알 투어는 자신이 더 잘 한다는 투로 자랑을 하기도 했다. 왜 오노미치에 갔는지까지는 알 수 없었지만 하는 말 자체에는 반론의 여지가 없었다. 애초에 나도 우연히 사토이 선생님을 만나지 않았다면 다이빙은커녕 추라우미 수족관은 다음 기회로 미뤘을 테고, 이 지하 방공호에도 도달하지 못했을 거다. 히메유리 탑을 비롯한 오키나와의 모든 위령탑을 돌아보았다는

※오노미치 : 히로시마 현 남동부에 위치한 지역. 전쟁 당시 포로수용소와 조선소가 있었다.

천재의 두 눈을 통해 보고 들었기에 방공호라는 발상에 다다른 것뿐이다.

"파블로 피카소가 그린 게르니카를 보고 '뭔가 유명한 듯' '값이 비쌈' 같은 식으로만 이해하면, 천재가 어째서 대단한지는 알 수 없어. 전쟁은 미술관에서도 배울 수 있는데, 피카소의 본명이 굉장히 길다는 걸 아는 게 무슨 자랑거리라고. 정 그렇다면 원주율이나 암기해 보시든가… 아아, 아냐아냐, 이게 아니고."

거기까지 말하더니 화이트 호스는 어조를 부드럽게 바꿨다. 포로를 회유하듯이.

"딱히 우위를 점하려는 게 아니야. 나는 전쟁을 알아, 당신은 전쟁을 모르고. 그러니까 내가 잘났다, 인간으로서 깊이가 있다, 라고 말하고 싶지는 않아. …인간의 업보라든지, 세계의 이면을 봤다고 세상을 장악한 듯이 말하는 건 이상한 짓이잖아?"

"……."

"다만 이것만은 알아줘. 맘은 당신과 마찬가지로 평화에 찌들어 있었어. …세상에서 전쟁이 사라지기를 진심으로 바란 여자애였지. 그리고 바라기만 한 게 아니라, 그걸 실행에 옮겼어. 열여덟 살 때."

열여덟 살? 언젠가 쿄코 씨의 공백 기간은 열일곱 살부터 시작되었다는 참인지 거짓인지 모를 이야기를 들은 적이 있는데… 왜 이게 이렇게 맞아떨어지지?

"처음에는 지뢰 철거 자원봉사부터 시작했다고 해. 젊은 시절의 나이팅게일처럼 야전병원에서 간호사 흉내를 낸 적도 있다는데, 어느샌가 표적이 전차 파괴로 바뀌었어. 어느샌가, 라기보다는 그 야전병원이 포격으로 산산조각 난 날부터지만… 맘은 그날 중에 대물 저격소총을 구사해서 반격했어. 가장 빠른 반격이었지."

지뢰. 병원. 전차. 저격소총.

과연, 쿄코 씨의 기억을 자극한답시고 전장과 관련된 아무 단어나 투입한 것은 아니란 건가…. 과거의 추억이 담긴 물건들을 보란 듯이 늘어놓고 있었던 거다. 마치 앨범을 펼치듯이.

"뭐, 맘은 저격수(스나이퍼)가 아니라 청소부(스위퍼)라고 해야겠지만."

"…전쟁을 막기 위해 전쟁에 참가한 겁니까? 범인을 밝혀내기 위해 위법 행위에 손을 대는 탐정처럼?"

"그리고 위대한 맘은 실제로 막아 내고 말았지."

자랑스럽게 말한다. 가족의 자랑을 하듯이.

저 말이 사실이라면 몰라봐서 죄송하다고 해야겠지만, 그럼 무슨 생각으로 그런 위대한 리더를 뒤에서 총으로 쏜 거지? 전장에서는 상관을 죽이는 일이 그리 드물지 않다고 알고 있기는 하지만….

"당시 세계에서 벌어지고 있던 전쟁 중 약 절반을, 맘은 불과

몇 년 만에 상쇄시켰어. 상쇄시켰다고 표현할 수밖에 없었지. 만약 그대로 활동을 계속했다면 정말로 세계에서 전쟁을 소멸시켰을지도 모를 정도였어."

반만 믿는다 쳐도 약 4분의 1에 달하는 전쟁을 해결한 셈인데… 망라 추리를 펼치는 거라면 모를까, 전쟁을 망라하다니. 하지만 분명 속도에만 초점을 맞춘다면 내가 아는 쿄코 씨의 이미지와도 그리 크게 다르지 않을 듯했다. 무엇이 그녀를 그렇게까지 하게 만드는 것인가, 라는 적극성을 포함해서….

하지만 그녀는 '만약'이라고 말했다.

"그래, 결국은 '만약 그랬다면'의 이야기야. 맘이 암살되기 전까지의 이야기라고."

화이트 호스는 신체의 일부처럼 끌어안고 있던 저격총을 흘끔 쳐다보며 그렇게 말했다.

"응? 내가 왜 이런 얘길 당신에게 하고 있는 거지? 부탁한 것도 아닌데 나불나불. 꼭 진범의 자백 장면 같잖아."

그보다는 범행 성명 같았지만, 여기서 이야기를 그만두면 궁금해서 미칠 것이다. 이대로 살해당해도 이상할 게 없는 상황임에도 나는 뒷이야기를 재촉하듯 "암살이라니, 무슨 뜻이죠?"라고 길리 슈트를 입은 '그녀'에게 물었다.

"평화를 바라는 기특한 소녀를, 누가 죽인다는 겁니까?"

"전쟁으로 먹고사는 사람도 많으니까. 과거의 나도 그랬고.

…전쟁고아였던 나는 그렇게 하는 수밖에 없었고, 그러다 식사가 맛이 없어져서 동료들을 부추겨 폭동을 일으켰지만 어이없게 실패해서 불명예제대를 한 전쟁 범죄자로서 감옥에 처박혔지."

아니, 당신 이야기 말고.

…라고 할 수는 없는 일이다, 당연히.

"그러다 맘한테 팔린 거야. 아마 그때부터 나를 대역으로 키우기로 계획했던 거겠지. 겉모습이 닮았다는 이유가 아니라, 뇌의 모양이 닮았다는 이유로…."

"뇌…."

뇌의 모양. 뇌의 구조, 뇌의 짜임새… 프로그래밍.

"평화를 바라는 기특한 소녀라고 하기엔 명백하게 지나친 행동을 한 자신이 암살당할 때의 일도 맘은 빠짐없이 계산해 두었다는 뜻이겠지. 아니, 사실 열여덟, 열아홉 살 여자애가 할 만한 생각이 아니긴 해… 대중을 선동한 죄로 투옥된 나에게서 공통점을 발견해 준 거라면 영광이라고 해야겠지만. 뭐, 실제로 뇌에 총탄을 맞은 건 대역인 내가 아니라 맘 본인이었어."

그런 것으로 알려졌지. **역사서에는 그렇게 기재되었어.**

화이트 호스는 덧붙이듯이 그렇게 말했다. …어쩐지 의미심장한 말이다. 그것도 안 좋은 쪽으로.

"…그 후에는 대역인 당신이, 전쟁 탐정 활동을 이어받았던 겁니까? 당신은 대역이 아니라 후계자가 된 거군요…."

그렇다면 오히려 유사시에 대비해 후계자를 키운 것이라고 볼 수도 있겠지만… 내가 보기에는 그쪽이 훨씬 더 쿄코 씨답다.

평화 활동은 영원히 계속하지 않으면 잊힌다.

영웅이 죽어서 끝나면, 결국 불씨는 다시 커질 뿐이다.

"하지만 내가 맘이 된 이후 활동은 계속 축소되기만 했어. 당신 말대로 전쟁의 전체 수는 다시 증가하고 있지. 반동 현상이라는 거야. 겉모습이 닮았어도, 뇌의 모양이 같아도, 결국 그릇이 다르단 뜻이겠지. 하루도 맘이 살아 있기를 바라지 않은 날이 없었어…. 그리고 어느 날 이렇게 생각했지. 내가 지휘하던 1개 소대가 전멸한 그날."

사실 맘은 살아 있는 게 아닐까?

그 맘이 총에 맞아 죽어? 그게 말이 돼?

그건 위장이 아니었을까?

"길리 슈트를 입듯 위장한 게 아닐까? 라고 말이야. 뭐, 망상 같은 생각이지. 희망적인 관측이야. 보통은 그렇게 생각하겠지…. 하지만 나는 썩어도 준치라고, 맘과 같은 뇌를 가진 여자야. 당신들이 말하는 회색 뇌세포라는 거 말이야…. 그러니 굳이 말하자면 맘이 대역으로 남기를 바라는 보좌형 인간이라는 사실은 알고 있었고, 한참 늦기는 했지만 모습을 감춘 맘의 행방을 알아낸 것도 나였기에 가능했다고 당당하게 말할 수 있어."

"…쿄코 씨가, 위장을 했다는 말입니까?"

머리를 관통한 첫 번째 충탄.

그녀에게서 기억을 앗아 간… 어제를 빼앗은 9mm탄이, 암살 당한 것처럼 위장하기 위해 발사된 것이라고?

"상관 살해와 마찬가지로 드문 일은 아니라고. 병사가 전사한 척 소속된 부대에서 도망치는 일은…. 맘이 하던 일을 해 보고 서야 그 마음을 실감할 수 있었어. 뭐라고 해야 하나… 자신이 이상해져 가는 걸 느낄 수 있었거든. 분명 이상을 좇고 있었는 데 현실 앞에서 좌절할 것만 같았어. 전쟁을 막는 데 성공해도 솔직히 말해서 그 후에 밀려드는 피해가 더 크니까. 굶주림과 차별과 격차와 자살은 전쟁이 끝난 다음에 몰려와. 전쟁 중에도 전장이 아닌 총구 뒤에서 지옥이 펼쳐져. 용감한 병사의 그림자 뒤에서 약한 자들이 괴로움을 당하지…. 그림자. 맘이 그 부분 을 어떻게 해결했었는지, 나는 모르겠어. 결국 타협하지 못해서 마음이 꺾여 버렸을지도 모르고."

"…그에 대한 원한 때문에 범행을 저지른 건가요?"

나는 결국 핵심에 다가섰다. 다시 말해서, 나의 죽음에 다가 서고 있다고도 볼 수 있겠지만 여기까지 온 이상 멈출 수 없는 것은 나도 마찬가지였다.

"쿄코 씨가 가혹한 평화 활동을 당신에게 떠맡기고 본인은 태 평하게 이곳 일본에서 일상 속의 수수께끼 같은 걸 해결하고 있는 걸 용납할 수 없어서, 소총으로 쏜 겁니까?"

잊은 것을 용납할 수가 없어서.

전쟁을 잊은 것을.

가족을 잊은 것을.

"착각하지 마. 다른 사람도 아닌 내가 큰 은혜를 입은 맘을 원망할 것 같아?"

또 착각하지 말라는 소릴 들었다.

누명왕인 나의 전문은 오히려 착각을 당하는 일이건만… 그런 의미에서 보면 나는 FBI 수사관의 와이프보다 츤데레 같은 말을 많이 하고 살 텐데. 나의 예상이 빗나가는 건 늘 있는 일이라지만, 보통 원망하고 있지도 않은 상대를 저격할까?

"저는 영락없이… 모든 걸 잊고 은퇴한 쿄코 씨를 다시 한번 전장으로 끌고 가려고, 당신이 여러모로 수를 쓰고 있는 건 줄 알았는데요…."

이 방공호에도 그러기 위해 온 줄 알았는데… 나와 마찬가지로 쿄코 씨의 백업을 찾기 위해 잠입한 줄 알았는데…. 하지만 실제로 와 보니 이곳은 평범한 서고였다. 평범한….

"맞아. 그런 의미에서 보면 내 예상은 빗나갔어. 잘난 척을 하긴 했지만, 나도 맘의 모든 걸 이해하고 있는 건 아니야. 그렇기에 전차로 지상 건물을 날려 버린 보람은 있었어. 당신을 만났으니까."

"……."

"좌우간 **당사자**한테 이야기를 들을 수 있었으니*까*. 피와 살이 되는 이야기를. 천금보다 값진 이야기야. …**이로써 나는, 오키 테가미 쿄코가 될 수 있어.**"

4

오키테가미 쿄코가 될 수 있다.

그 말의 의미를, 나는 순간적으로 이해할 수가 없었다. 그 오키테가미 쿄코를 이렇게까지 철저하게 '말살'하려고 했으면서, 이 길리 슈트는 대체 무슨 소릴 하고 있는 걸까? 그렇게 생각했지만 그것은 '말살'해야만 했던 동기라고 볼 수도 있었다. 오키테가미 쿄코가 있으면, 오키테가미 쿄코가 될 수 없을 테니… 그리고 '그녀'는 과거에 쿄코 씨의 대역으로 육성된 것이다.

후계자.

그렇다면 그 후계자가 마치 대열을 이룬 후속 차량처럼 같은 길을 걸으려 하는 것은, 추리소설에서 말하는 '논리적 귀납'이라 할 수 있다. 전장에 싫증이 나, 모든 것을 잊고, 일상 속으로 녹아들자고 생각하는 것은.

뇌의 모양이 같다면.

뇌라는 말이 나왔으니 그 동기를 어디까지나 미스터리뇌로 생각하자면, 요컨대 '쌍둥이'는 아니더라도 '바꿔치기 트릭'에 해당될 거다. 이럴 수가, 오노미치에 들렀다 왔다는 루트가 『내가 그녀석이고 그 녀석이 나*』를 노골적으로 암시하는 복선이었다는 점에 초점을 맞추면 정말이지 뜻밖이기는 했지만, 화이트 호스는 '반전'이라고 할 만큼 엉뚱한 소리를 한 것이 아니다.

가족을 잊은 사람의 심정을 모르기에 이렇게 알려고 노력하고 있다고 말한 것뿐이다.

쿄코 씨가 퇴역 군인일지 모른다는… 완전히 맞지도, 아주 틀리지도 않은 생각을 했던 시점에는 '그럴 리가 없다, 말도 안 된다'라고 덮어놓고 부정했었지만 그 부분을 거꾸로 생각해 보면 어떨까?

그게 이상하다면 퇴역 군인은 무엇이 되면 될까?

FBI 수사관이자 오키테가미 쿄코를 낳은 부모라고도 할 수 있는 화이트 버치 씨는 종군 경험은 없다고 했다. 그렇다고 해서 종군 경험이 있는 게 잘못이라는 건 아니고, 오히려 그 경력은 존중해 마땅하다.

마찬가지로 전혀 상관이 없는 직업을 갖는다 해도 손가락질을 당할 이유는 없다. 나라를 위해 목숨을 걸었던 인간이 그 후 무

※내가 그 녀석이고 그 녀석이 나 : 일본 작가 야마나카 츠네의 아동 문학 작품. 1979년부터 1980년에 걸쳐 아동잡지에 연재되었다. 서로 몸이 뒤바뀐 초등학생 남녀의 이야기로 히로시마, 오노미치를 무대로 영화가 제작되기도 했다.

엇이 되건 자유다.

퇴역 군인이 무엇이 되어야 사람들은 납득할까?

교사, 소설가, 가수, 블로거, F1 레이서, 파티시에, 무도가, 운동선수, 애니메이터, 청년 실업가, 디자이너… 뭣하면 날품팔이 아르바이트를 하며 떠돌이처럼 여행을 할 수도 있다.

그리고 물론, 탐정이 될 수도 있다.

군인의 퇴역 후 재취업이라는 개념을 부정하면, 그것은 곧 영영 전쟁이 사라지지 않을 거라는 사실을 긍정하는 셈이 되지 않겠는가. 그게 아니면 전장에서 얻은 트라우마로 인해 평생 괴로워해야만 하는 일만 하라고?

그러니 이 저격수가 길리 슈트를 인버네스 코트로 갈아입고 싶다고 한다면, 그 의지는 존중되어야 한다. 표현의 자유가 보장되듯이 직업 선택의 자유 또한 반드시 필요한 인권이니.

단.

"단, 그렇다고 타인을 총으로 쏴 가면서까지 취업 활동을 해선 안 되죠. …하물며 은인이라면 더더욱 말이에요."

"그럴까? 내 예상이… 내 추리가 옳다면 맘은 타인이나 은인 정도가 아니라, 자기 자신을 쐈다고. 자신의 머리를 말이야. 그렇다면 대역인 내가 두 번째 탄환을 맘에게 날린 건 오히려 자연스러운 흐름이라고 할 수 있지. …그건 나 자신의 뇌를 쏜 것과 다름없는 일이니까."

궤변이다. 궤변이기는 하지만, 나는 한편으로 어금니를 꽉 깨물고 싶어질 정도로 납득이 되기도 했다. 그 원거리에서 정확하게 쿄코 씨의 머리를 꿰뚫은… 심지어 과거에 관통했던 탄환과 같은 코스를 터널처럼 통과하도록 쏘아 바늘구멍이 아니라 머리의 구멍을 펜 실력은 상식을 초월한 것이라고 느꼈었지만, 같은 구조의 뇌를 지닌 후계자라면 해부학적인 시점을 통해 회색 뇌세포를 저격할 수도 있으리라.

과거에 쿄코 씨 본인이 자신의 죽음을 위장했던 것처럼… 기억을.

인생을 리셋하기 위해서.

"뭐, 실행해 놓고 이런 소릴 하자니 기분이 묘하지만, 나 자신은 탄환에 의한 물리적인 기억 소거란 것에는 회의적이거든. 맘은 전쟁을 겪으면서 머릿속이 망가져 버린 게 아닐까 싶어. … 뇌세포는 두뇌에 탄환을 박아 넣었을 때보다, 탄환이 난무하는 곳 한복판에 계속 있을 때 더 많이 죽어 나가거든. 왜, 그거 있잖아… 포장재를 톡톡 터뜨릴 때처럼 말이야."

그건 그럴지도 모른다. 나라면 하루도 제정신을 유지할 자신이 없다. 전장에서의 기억뿐 아니라 모든 기억을 잊고 싶다고 생각하게 될 거다. 그때까지의 인생을 깡그리 버리고 새하얀, 새 삶을 살고 싶다고 생각하게 될 게 분명하다.

그렇게 보면 화이트 호스가 쿄코 씨와 완전히 같은 인생의 길을 걸으려 하고 있는 것은 얄궂은 일인 동시에 필연적인 일일 것이나.

이런 건 전혀 '뜻밖의 동기'가 아니다.

그리고 결국 그런 거구나, 싶어서 나는 마음이 차갑게 식어 버렸다⋯. 이런 식으로 모든 걸 내던지고 싶어질 정도로 모든 사람이 전쟁에 넌더리를 내지 않는 한, 완전한 평화 같은 건 불가능할지도 모른다.

전쟁을 멋지다고 생각하거나, 병기를 동경한다는 의견을 늘어놓는 해설자가 코미디언으로 보일 만큼의 절망을 겪고서야 비로소 사람들은 서로 손을 맞잡을 수 있다⋯. 만일 그렇다면 수천 년 동안이나 전쟁이 사라지지 않는 이유도, 혹은 화이트 맘이 전쟁을 막는 데 싫증이 나 버린 이유도 조금은 이해가 될 것 같다.

이해를 한 시늉이라도 낼 수 있을 것 같다.

징병된 모든 사람이 탈주병이 되어야만 전쟁을 멈출 수 있다면⋯ 어떻게 보면 쿄코 씨는 시범을 보였다고 할 수 있는 것이다. 리더가 도망치지 않으면 아무도 도망칠 수 없으니까⋯. 그리고 아닌 게 아니라 이 길리 슈트는 그 뒤를 따르고 있다.

"후훗. 책임회피가 지나쳤나? 꼭 맘이 나를 조종해서 쏘게 한 것처럼 말해 버렸네. '꼭두각시 살인'이라고 하던가, 그런 걸?"

"⋯⋯."

"물론 당신의 명추리대로, 맘을 전장으로 다시 데려가려는 의도도 내 오리지널 동기 중에 없었던 건 아니야⋯. 살짝 손을 대서 되돌려 놓을 수 있다면 기억을 돌려놓고 싶었어. 다시 맘이 이끌어 준다면 전장도 나쁘지 않을 것 같으니까⋯ 라고 말하면 뭔가 멋지게 들리겠지만 전장에 남게 될, 나를 맘이라고 믿는 부하들을 버리게 된다는 데에 죄책감을 느낀다는 점이 범인凡人인 나와 맘의 차이겠지. 게다가 곧 일어날 제3차 세계대전을 막으려면 맘의 카리스마가 반드시 필요하거든."

별것 아니라는 듯이 말하더니 "음. 이건 극비사항이었던가?"라고 화이트 호스⋯ 혹은 2대 망각 탐정은 태연한 투로 말을 이었다.

"미안, 미안. 방금 건 못 들은 걸로 해."

"네? 아니, 제3차 세계대전이라고⋯."

"그런 말 안 했어. 게다가 괜찮아, 당신이 생각하는 것 같은 형태로는 안 일어날 테니까. 아인슈타인 박사의 말처럼 말이야."

제3차 세계대전이 어떤 형태로 일어날지는 모르겠지만, 제4차 세계대전은 돌과 막대로 치르게 될 거다⋯ 라는 그 예언이 연상되는 말을 내뱉으며 화이트 호스는 미소 지었다.

"이런 핵 방공호로는 몸을 지킬 수 없으리라는 건 확실해. 세컨드인 나는 절대로 막지 못할 전쟁이야. 그래서 원조 맘을 복귀시키고 싶다는 생각도 있었어. 두 번째 목표 정도로."

"…가장 큰 동기는, '탐정이 되고 싶었기 때문'입니까?"

"맘 같은 여성이 되고 싶었다는 표현이 더 정확히겠지…. 하지만 다 그런 거 아니겠어? 맘은 명탐정이 되고 싶다기보다는 셜록 홈스나 에르퀼 포와로, 미스 마플, 아케치 코고로나 긴다이치 코스케처럼 되고 싶었던 거잖아?"

스무 권을 읽고 벼락치기로 익힌 지식을 늘어놓았다. 정상이 높아야 산기슭도 넓은 법이라고 했던가… 스타가 있어야 비로소 장르는 퍼져 나가기 마련이고, 화이트 호스에게는 쿄코 씨가 바로 그런 존재였던 것이다.

죄가 많다.

은인의 머리를 총으로 쏠 정도는 아닌 것 같지만.

"제3차 세계대전을 맘이 저지해 준다면, 나는 명탐정으로서 긴 여생을 보낼 수 있는 거지. 하지만 그렇게 되지 않아도 상관없어. 단 하루라도 맘처럼 살 수 있다면 난 그걸로 만족해. 왜, 뭐였더라, 망각 탐정의 캐치프레이즈 대사. '쿄코 씨에게는…'."

"'…오늘밖에 없다'."

밝혀지고 보니 정말이지 시시했다. '뜻밖의 동기'는커녕 세계 평화를 바라는 마음만큼이나 평범한 동기였다. 자신이 아닌 누군가가 되고 싶다는 동경은 누구나 품기 마련이니… 나도 어릴 적에는 명탐정이 되고 싶었다.

다만 입으로는 세계 평화를 바란다고 하면서도 구체적인 행동은 아무것도 하지 않았던 것처럼, 명탐정에 대한 동경을 그렇게나 열과 성을 다해 떠들어 놓고 아무런 행동도 하지 않았던 것뿐이다. 나와 길리 슈트의 차이점은 그뿐일 거다.

나는 누명왕이자 의뢰인이 되었고.

그녀는 대역 저격수가 되었다.

그리고 과거 전장에서 그렇게 했듯이, 오늘도 그림자는 빛이 되려 하고 있다….

"…무리일 것 같은데요. 오늘이 아니라 내일이 되어도, 모레가 되어도, 글피가 되어도… 백일 후에도, 천일 후에도, 당신은 오키테가미 쿄코가 되지 못해요."

망각 탐정은 물론이고 가장 빠른 탐정도 못 될 거다.

나는 말했다. 왜 말했지?

왜 굳이 '진범'을 도발하는 듯한 소리를… 상대는 기억이 상실된 사람도 아닌데 자극을 해서 뭘 어쩌려고? 너야말로 잊지 마라, 지금의 상황을. 상대가 끌어안고 있는 저격총이 보이지 않는 거야?

이럴 때는 적당히 말을 맞춰 주면 되잖아… 비위를 맞추라고, 독특한 생각이라며 칭찬해. 온 힘을 다해 추켜세워 주라고. 왜 굳이 상대의 기분이 상할 만한 소릴 하는 건데?

말을 너무 많이 했다. 나도, 그리고 화이트 호스도.

전장에서 흔하디흔한 포로 고문 상황에서는 결코 일어날 리

없는, 추리소설의 해결 편 같은 비상식적인 대화다.

증거 능력이 없는 자백에 의기양양한 투로 비밀을 폭로하기까지 했다. 이런 건 전쟁소설에서는 있을 수 없는 일이다.

그럼에도 불구하고 내 입은 멋대로 움직였다.

2대의 심기를 건드리는 말을 자아냈다.

"당신이 저를 화자로서 높이 평가해 준 건, 당사자인 저에게서 오키테가미 쿄코에 관한 정보를 최대한 이끌어 내고 싶었기 때문이겠죠. …그리고 제가 보기에 2대인 당신은 쿄코 씨의 백업이기도 합니다. 당신이 이곳에 있었던 건 뜻밖의 일이었지만, 저의 목적은 달성됐다고 할 수 있죠. 다만 저의 이야기는 결국 저의 이야기에 불과하고, 백업은 백업에 불과합니다…. 비슷하기는 해도 같지는 않고, 같아질 수도 없어요."

현실에서 바꿔치기 트릭은 성립하지 않는다.

같은 DNA를 지닌 쌍둥이라 해도.

"계속해 봐. 흥미가 생겼으니까."

살의도 생겨났지만. 화이트 호스는 안색 하나 바꾸지 않고 나를 재촉했다. 살의는 처음부터 흘러나오고 있었던 것 같지만, 무슨 일이 있어도 이성을 잃지 않는다는 점은 분명 망각 탐정의 모습을 빼다 박은 듯 보였다.

하지만 그뿐이다. 결국 그뿐인 것이다.

"실제로 저는 당신의 정체를 한눈에 알아봤습니다. 당신은 그렇게 똑 닮았으면서 막 정신을 차린 저를 상대로 쿄코 씨인 척 도 하지 못했죠."

"마음만 먹으면 할 수 있었어. 처음 뵙겠습니다, 카쿠시다테 씨. 탐정인 오키테가미 쿄코입니다."

그렇게 말하며 고개를 꾸벅 숙였다. …과연, 확실히 처음에 저 인사를 들었다면 내 지론은 성립하지 않았을지도 모른다. 하지만 30분 후에나 그런 행동을 취했다는 점에서 이미 가장 빠른 탐정이라 할 수 없었다.

물론 만약 이번 사건이 한 권의 책이었다면 길리 슈트 차림의 쿄코 씨가 저격소총을 끌어안고 있는 자세로 표지를 장식했을 거다. 그런데 알고 보니 진범의 모습이었다는, 표지를 통한 서술 트릭이 사용되었을 것이다.

첫 번째 단계에서 탐정성을 빼앗기고, 두 번째 단계에서는 지각을 하게 되고, 세 번째 단계에서는 음성으로만 출연하고, 네 번째 단계에서는 결국 출연하지 않게 됐다 싶더니, 결국 다섯 번째 단계에서는 대역이 등장한다는 전개는 탁월한 명탐정이라기보다 연속 드라마의 촬영 스케줄을 확보하지 못한 배우 같다.

그럼에도.

"아아, 그러고 보니 당신은 내가 이런 식으로 소중한 책 위에 앉아 있는 걸 보고 화를 냈었지? '쿄코 씨'라면 그런 짓을 할 리가 없다면서… 미안, 미안. 다른 사람의 분노에는 둔감해서 말이야. 하지만 좋은 조언이야, 앞으로는 고칠게. 그러고 보니 맘이 은퇴하기 전… 암살되기 직전에, 길을 잃고 위험지대로 들어온 일본 출판사 사람의 구출 작전에 협력했더랬지. '전장에 도서를'이라는 사회 공헌 사업인지 뭔지였다던데….”

콘도 씨에 관한 이야기라는 걸 직감적으로 알 수 있었다.

과연, 해외 지부에 근무했던 시절에 콘도 씨가 쿄코 씨와 닮은 인물을 만났었다는… 도움을 받았다는 게 그때의 에피소드였나. 설마 정말로 생명의 위협에 처했다가 도움을 받은 거였다니…. 콘도 씨가 이야기하기를 꺼릴 만도 하다.

그건 거의 전쟁 체험이 아닌가.

“그때 감사 인사 대신 누구인지 모를 작가의 책을 몇 권 받았었는데, 만약 그것 때문에 맘이 고향을 그리워하게 된 거라면, 확실히 책은 소중히 다뤄야겠네. 깜박했던 에피소드를 기억나게 해 줘서 고마워. 깔고 앉으면 안 되겠네. 하지만 글쎄, 그건 당신의 착각 아닐까? 정말로 책을 소중히 여긴다면 '읽지 않는' 게 가장 좋은 보존법 아니겠냐고.”

아픈 곳을 찌르는군.

읽으면 읽을수록 책은 상한다. 그건 이 서고에 꽂혀 있는 책의 책등만 보아도 명백하게 알 수 있다. 분명 내가 아는 쿄코 씨는 책을 깔고 앉지는 않겠지만, 보존용 책을 따로 사는 타입의 독서가는 아니다. 오히려 물방울이 묻는 것도 아랑곳 않고 목욕

중에도 책을 읽을 타입이다.

그건 책의 장점이기도 하다.

아무리 거칠게 다뤄도 그리 간단히는 망가지지 않는다는 장점. …전장에서조차도.

내 스마트폰과 달리 고층 건물에서 던진다 해도 내용이 사라지거나 하지 않는다.

"보존…에 관해서 말하자면, 다 읽은 책을 이런 식으로 보존해 둘 필요는 전혀 없어요."

그 사실을 알면서 나는 말했다. 하지 않아도 될 말을.

지금이라면 아직 돌이킬 수 있을지도 모르건만. 개전開戰하지 않은 전쟁처럼.

"다 읽으면 버려도 되죠. 친구에게 줘도 되고, 헌책방에 파는 것도 방법이죠. 그럼에도 쿄코 씨는 이런 식으로 보존하고 있었습니다. 제3차 세계대전에서는 어떨지 모르겠지만, 적어도 핵 공격에는 견딜 수 있을 정도의 장소에. 이유가 뭘까요?"

"무진장 알고 싶네. 흥미진진해."

"진실을 말씀드리자면, 저도 당신도 아닌 **이 문고 자체가** 쿄코 씨의 백업이기 때문입니다. …어떤 식으로 책을 읽어 왔는가 하는 게 그 인간을 형성하는 토대가 되니까요."

"하핫."

웃었다.

하지만 승리의 포즈를 취하고 싶은 나와는 달리 위장 크림을 바른 얼굴에 떠오른 미소처럼 만족스럽지만은 않았는지 "척 들어도 문해율文解率이 높은 나라 사람이 할 법한 말이네."라고 화이트 호스는 말을 이었다.

"옛날에 지구상에 존재했던 내 고향에서는… 참고로 일본에서 만든 지도에는 실린 적이 없어. 흙에 돌로 그림을 그리는 게 최고의 오락이었어. 만약 그것도 멋진 문화라고, 후세에 전해야 할 예술이라고 지껄이는 새끼가 있으면 민간인이 되었건 자원봉사자가 되었건 죽여 버릴 거야."

마치 내가 그런 소리를 했다는 것처럼, 그녀는 끌어안고 있던 저격소총을 고쳐 들었다. 받들어 총 자세… 가 아니라 총의 곳곳을 점검하듯이.

프로로서 사격을 앞두고 신중을 기하려는 듯이.

"그다음은 군대 놀이였던가? 책 같은 건 없었어. 책을 읽었다거나 책을 썼다는 이유로 많은 어른들이 처형된 이후로는. 나처럼 힘만 쓸 줄 아는 전범보다 훨씬 지독한 벌을 받았다고. 뭐, 확실히 당신의 말대로 어떤 식으로 책을 접했는가에 따라 인생이 정해지긴 했네. 나는 맘에게 글을 배울 때까지 책 같은 건 읽어 본 적이 없었어."

그래서 에티켓이 없는 거니 이해해 줘. …총을 만지작거리면서 그런 소릴 하신들. 책은 둘째 치고 총은 그야말로 자유자재로, 손안에서 주무르고 있다.

"하지만 나도 한마디 하자면, 당신은 책에 지나치게 많은 의미를 두고 있어. 당신이나 맘이나. 그런 건 전쟁에서 의미를 찾는 것만큼 바보 같은 짓이야. 책 같은 건 결국 영화의 원작에 불과하잖아?"

그 의견이 옳은지 그른지는 둘째 치고, 명탐정이 아니라 쿄코 씨 본인이 되려고 한다는 입장을 확정하는 증언이기는 했다. ⋯ 하지만 영화계에 대한 확고한 의견이 있는 것은 아닌지 "이런 식으로 말하는 것도 안 된다는 말이지?"라며 곧장 했던 말을 주워 담았다.

"알았어, 알았어. 전범이기는 해도 종군 경험이 있는 사람답게 조언에는 따르겠다고. 조금 전에도 말했듯이 솔직히 말해서 재미있는지는 전혀 모르겠지만, 그렇게 해서 맘이 될 수 있다면 일단 이 문고에 있는 책은 전부 다 읽도록 하겠어. 그래, 오늘 중에."

해낼 거다. '그녀'가 쿄코 씨의 백업이라면.

하지만 그래서는 안 된다. 열의는 높이 사지만 이 고문기술자는 나라는 포로의 발언을 제대로 듣지 않은 것 같다.

"책은 읽는다고 다가 아니라고요. 어떤 식으로 읽어 왔는가 하는 게 그 인간을 형성하는 토대가 된다고 했죠⋯? **어떤 식으로**. 한 권의 책을, 한 시간 동안 읽는 것과 하루에 걸쳐 읽는 것,

일주일에 걸쳐 읽는 것은 그 의미가 완전히 다르다고요."

그것은 쿄코 씨라 해도 마찬가지다. 예외가 아니다.

좋아하는 작가가 남긴 백 권의 책을, 밤낮을 가리지 않고 닷새 동안 단숨에 읽었을 때는 그다지 즐겁지 않아 보였다. …아닌 게 아니라 전혀 즐기지 못하는 듯 보였다. 같은 책을, 같은 인물이 읽어도, 초기 조건이 조금만 달라도 감상은 정반대가 될 수도 있다.

"읽는 속도만 중요한 게 아닙니다. 내용이 같은 책이라도 판이 다르면 희한하게도 구성이 달라지니까요. 커버 디자인. 책갈피의 디자인. 하드커버와 소프트커버. 가격대. 어디에서 샀는가. 서점에서 샀는가, 헌책방에서 샀는가, 친구에게 빌렸는가. 신역판인가, 모든 한자에 독음이 달렸는가. 초판인가, 개정판인가, 사가판私家版인가. 부모님이 사 준 책인가, 조부모님이 사 준 책인가, 자기 용돈으로 산 책인가. 발행일에 산 책인가, 사고서 반년 동안 묵혀 뒀다가 읽은 책인가. 영화를 보고서 읽은 원작인가, 영화를 보기 전에 읽은 원작인가. 베스트셀러 랭킹 1위라는 사실을 알고 산 책인가, 찬반양론이 갈릴 만큼 물의를 빚고 있다는 소식을 듣고 읽은 책인가, 그러한 하마평을 전혀 모른채 읽은 책인가. 백만 부를 돌파한 책의 첫 번째 책과 백만 부째의 책은 그 의미가 전혀 다릅니다. 어떤 장소에서 읽는 책인가, 하는 것도 중요하고요. 같은 책이라도 부모님의 권유로 읽은 경우와 연인의 권유로 읽은 경우와 좋아하는 작가의 추천문에 끌려 읽은 경우는 받는 인상이 전혀 다르죠. …주변 사람들은 아무도 읽지 않은 책을 읽을 때와 동료들끼리 독서회를 열 때. 책을 읽는 순서. 계보에 따라 읽을 것인가, 역주행할 것인가. 만남의 방식에 따라서는 아무리 멋진 책이라도 전혀 머리에 안 들어올 때도 있고… 나중에 생각하면 꺼림직하고 괴기스럽고 악취미적인 책으로 인해 인생이 바뀔 수도 있죠. 선물로 받은 상품권으로 산 책은? 당연히 다르죠. 심리상태에 따라서, 혹은 연령에 따라서, 입장에 따라서, 경우에 따라서, 주인공에 공감할 때도 악역에 공감할 때도 있습니다. 입원 중에 읽는 책과 전시戰時에 읽는 책이 같을 리가 없잖아요? 어떤 식으로 책을 읽는가에 따라 그 인간을 형성하는 토대가 달라진다는 건 그런 뜻이라고요."

설령 하루 이내에 이 오키테가미 문고를 독파하는 데 성공한다 해도 그건 쿄코 씨의 독서 체험과는 전혀 다를 거다. 이 방공호에 늘어선 오키테가미 문고가 백업본으로 기능하는 것은 쿄코 씨 본인이 읽을 때뿐인 것이다.

찢어진 표지와 접힌 페이지, 커피 얼룩, 자주 펼친 흔적이 남은 페이지, 얼룩지고 구겨진 곳이나 배치 상태, 그런 것 하나하나가 기억의 문을 여는 열쇠가 된다. 다시 말해서 쑥스러움을 버리고 목소리를 높여 표명하자면 이것이 진정한….

'오키테가미 쿄코의 비망록'이다.

"알겠어요? 만약 같은 방식으로 읽고 싶다면 하루나 이틀, 열흘이나 백일로는 모자랄걸요. 25년은 걸릴 겁니다. 다시 말해서 약 만萬 일 후에는, 어쩌면 쿄코 씨가 될 수 있을지도 모릅니다. 어쩌면 명탐정도 될 수 있을지 모르죠."

"…유감이야."

진심으로 유감이라는 듯이 그렇게 말하더니… 화이트 호스는 저격소총을 마치 권총처럼 가볍게 한 손으로 들어 총구를 나에게 겨누었다. 프로가 아닌 초짜인 내가 봐도 저런 식으로 쏘면 자신도 무사하지 못할 것 같건만, 그런 건 아무래도 좋다는 듯한 자세다.

"단골 고객으로서, 혹은 나의 화자로서 살려 두는 것도 괜찮겠다는 생각이 들던 참인데… 탐정 옆에 계속 붙어 있는 의뢰인인 당신이 부럽다고 했던 건, 거짓말이 아니었는데. 뭐, 됐어. 탐정 사무소를 다시 열기도 전에 단골을 잃는 건 아깝지만, 화자라면 다른 사람도 있겠지. 경비원이라든지, 경부라든지, 자칭 친구라든지."

"…있겠죠."

"그나저나 궁금해서 그러는데, 열 받게 했다는 이유로 살해당하는 경우는 추리소설에 없어? 전장에서는 은근히 흔한 일인데… 피아를 가리지 않고 말이야."

그런 건 미스터리에서는 일반적으로 스마트하지 않은 동기에 속한다. …라고 말해 봐야 목숨을 부지하는 데는 도움이 안 되겠지. 모든 범인이 논파論破당했다는 이유로 순순히 출두해 주는 것은 아니다. 독파讀破했다고 해서 모든 책이 다 도움이 되는 것은 아니듯이.

이것 참. 난감하게 됐구먼.

이 누명왕은 언젠가 억울한 누명을 쓰고 광장에서 단두대형에 처해질 거라 예상했었는데, 빗나가도 한참 빗나간 미래 설계였나 보다. 군인을 모욕했다는 지극히 정당한 이유로 뜬금없이 총살형을 당하게 되다니.

하지만 기쁘다고 하면 이상하게 들릴 테고, 속이 훤히 보이는 허세에 불과할지도 모르겠지만 취조실에서 자백을 강요당한 것도 아닌 하고 싶은 말을 하고 나니 어쩐지 만족스러운 내가 있었다. 자신의 결백을 증명하기 위해 구태여 합의에 응하지 않고 재판에 응한 용의자처럼, 오키테가미 쿄코의 화자로서 할 말을 다 했다.

책에 둘러싸여 죽는 것도 나쁘지 않다.

게다가 최고로 판타지스럽지 않은가.

저격수라는 누명을 썼을 때와는 비교도 되지 않는 로망이 있다. 핵 방공호를 배경으로 흠 잡을 데 없는 밀실 살인 사건의 피해자가 될 수 있다니… 개인적인 욕심을 말하자면, 그 밀실의 수수께끼를 쿄코 씨가 풀어 준다면 정말 더할 나위 없이 좋을 텐데.

하지만 이제 망각 탐정은 없다. 누구도 그녀는 될 수 없다.

있다 해도… 탄환보다는 빠르지 않다.

"잘 가요, 야쿠스케 씨."

끝으로 저격수는 마치 25년 동안 읽은 추리소설의 집대성이라는 듯한 투로 말을 내뱉고서 몹시도 가볍게, 아무런 망설임도 없이 방아쇠를 당겼다.

가장 빠른 최후의 탄환이….

「오키테가미 쿄코의 징병제」 명기銘記

오키테가미 쿄코의

감찰표

최종화

오키테가미 쿄코의 종전일

여긴 어디? 나는 누구?

하마터면 다른 사람도 아닌 나, 누명왕이 그런 낡아 빠진 대사를 중얼거릴 뻔했다. 눈을 뜬 병실 침대 위에서… 야전병원도 아니거니와 방공호 안도 아닌, 마치 이야기가 처음으로 돌아가는 엔드리스 스토리처럼, 내가 가장 먼저 용의자 취급을 당했던 간부 저격 사건이 일어난 그 병원의, 심지어 산산조각 났던 창문을 새로 끼웠다고는 해도 사건 현장이었던 개인 병실이었다.

다른 사람도 아니고 내가 VIP 취급이라니. RIP라면 모를까.

빈 병실이 턱없이 부족했나 보다. 입원비는 얼마나 나올까 무섭다.

"정신이 드셨나요, 야쿠시다테藥師館 씨?"

그때.

아직 한쪽 눈만 뜨인 상태이건만 침대 옆 접이식 의자에 앉은 인물이 말을 걸어왔다. 온통 하얀 머리에 안경을 쓴 그녀가 앉아 있자 접이식 의자조차 안락의자처럼 보였다.

"카쿠시다테隱館 씨였던가요? 처음 뵙겠습니다. 탐정인 오키테가미 쿄코입니다."

"……."

어라?

이번에야말로 꿈인가? 꿈속에서 꿈을 꾸고 있는 건가?

그런 '액자식 구조'도 왕년의 미스터리 업계에서 한 시대를 풍미하기는 했지만… 백발에 안경을 쓴 여성은 병원에 병문안을 올 때 입기에 걸맞은 차분하고 세련된 차림새를 하고 있고, 아무리 봐도 촌스러운 파자마 차림이 아니었으며, 그렇다고 길리 슈트에 위장 크림을 칠하고 있지도 않았다. 쌓아 올린 책에 앉아 있지도 않다. 그리고 품에 안고 있는 것은 저격소총이 아니라 커버를 씌운 한 권의 책이었다.

사람의 이름을 외우지 못해서 계속 틀리는 것도 명탐정의 정석적인 특징이기는 했다.

"저는… 죽은 겁니까? 총을 맞고…."

이건 꿈이 아니라 사후세계인가?

가능한 이야기다. 적어도 내가 살아 있다는 가능성보다는 사후세계에 있다는 게 훨씬 그럴듯할 것 같다. 나는 쿄코 씨와 달리 머리에 총을 맞고도 살아 있을 수 있을 만큼 튼튼하지도, 운이 좋지도 않으니까… 아니, 하지만 그렇다면 튼튼하고 운도 좋은 쿄코 씨가 침대 옆에 있는 건 이상하다. 이곳이 사후세계가 아니라는 증거다.

"글쎄요, '상황 증거'가 갖춰져 있기는 하네요."

쿄코 씨는 빙긋 웃으며 말했다. …미스터리 용어를.

"그리고 이 책이 '물적 증거'가 될까요?"

그렇게 말하고는 "충분히 즐겼으니 돌려드릴게요."라면서 손에 들고 있던 책을 침대 위에 조심스러운 동작으로 내려놓았다.

"…병문안 선물로, 드린 거예요."

아직 상황 파악이 안 되기는 했지만 그 책의 정체는 알 수 있었다. 오키나와행 비행기를 타기 직전에 콘도 씨에게 부탁해 두었던 '복선'이다. 능력 있는 남자의 배려인지 포장지 같은 커버가 씌워져 있기는 하지만 두께로 미루어 볼 때 틀림없을 거다. …스나가 히루베에의 저서 『꿈틀대는 신』이다.

쿄코 씨가 처음으로 읽었다는 스나가 히루베에의 추리소설이다. 영화를 보고서 푹 빠졌다고 했던가?

자백하자면 그건 도망자가 농담처럼 던진 말로, 의기양양해할 만큼의 복선은 아니었다. 입원 중, 심심해진 쿄코 씨가 쓸데없는 행동을 취하지 않도록 (예를 들어 궁금하다는 이유로 지뢰를 밟은 병문안객을 찾아다니지 않도록) 예전에, 탐정이 되기 전에 좋아했다고 들었던 책을 택배로 전해 달라고 의뢰한 것뿐이다. TV와 인터넷으로 섣불리 최신 지식을 손에 넣거나 촌스러운 옷을 사러 가게 할 바에는 오래전 정보인 책을 읽게 해서 얌전하게 있게 만들자는 계산이었다. 그 시점에서는 쿄코 씨가 가지고 있던 책은 모두 불탔을 거라 생각했으니… 설마 지하에 보관되어 있어서 화를 면했으리라고는 상상도 못 했다.

미스터리 용어를 잊었던 쿄코 씨가 애독했던 추리소설을 읽으면 기억을 되찾는다는 감동적인 일이 벌어질 게 분명하다… 따위의 편의주의적인 일을 꾸몄던 것은, 결코 아니다. 쿄코 씨가 은퇴하기로 마음을 먹게 한 것이 실수로 전장에 들어온 출판사의 엘리트 사원이 현지에 반입한 도서였다는 이야기를 그 시점에서는 몰랐기 때문이다.

오히려 부질없는 짓이라고 생각했었다. 미스터리 용어를 잊었다면 추리소설을 읽는 일은 모르는 외국어로 된 책을 읽는 것이나 다름이 없다… 고까지는 안 하겠지만, 한자를 읽지 못하는 상태로 그 이외의 부분만 가지고 책을 읽는 것이나 마찬가지였을 거다. 관심 없는 분야의 전문서적만큼이나 머리에 들어오지 않았을지도 모른다.

그렇지 않다 해도 불기소 처분된 용의자가 보내온 의문의 책을 읽어 줄지 어떨지도 의심스러웠다. 나의 존재만큼이나 의심스러웠다. 소행이 수상쩍은 사람에게 추천을 받으면 그 책을 쳐다보기도 싫어진다는 현상은 흔히 일어나니까.

하지만… 그 지하 방공호.

오키테가미 문고를 보고 나자 나의 계획은 상당히 겸허한 것이었다는 생각마저 들었다. 그것 자체가 망각 탐정 오키테가미 쿄코를 형성하는 비망록이었다고 가정한다면 말이다. 숨은 조력자라기보다는 숨은 흑막에 가까운 수준이다.

전장 체험과도 같은, 독서 체험이다.

"…기억이 나신 겁니까, 쿄코 씨?"

"네. 기억해 냈어요. **잊는 것을.**"

그렇게 말하고서 쿄코 씨는 왼쪽 소매를 걷어 올렸다. 거기에는 당연히, 이렇게 적혀 있었다.

'나는 오키테가미 쿄코. 탐정. 25세. 오키테가미 탐정 사무소 소장. 잠들 때마다 기억이 리셋된다.'

잊는 것을 기억해 냈다….

그게 좋은 일인지 나쁜 일인지 나는 금방은 판단을 내릴 수가 없었다. 새하얀 앞머리를 위장 삼아 숨어 있는 작은 거즈는 그대로였지만 저격수, 화이트 호스가 자극을 주기 위해 했던 이런 저런 일과 되살아난 전장의 기억은 도로아미타불, 다시 공백으로 돌아가 버린 거다… 아무리 그래도 돌아가기 위해 또다시 **스스로** 머리를 총으로 쐈을 리는 없겠지만….

아니, 그보다.

화이트 호스는?

쿄코 씨와 똑 닮은, 그 대역은 어떻게 됐지? 그리고 그녀에게 총살형을 당할 뻔했던 나는 뒤늦게 초조해져서 순간적으로 상체를 일으키려 했지만 "진정하세요, 카쿠시다테 씨."라고 말하는 쿄코 씨에게 간단히 제압되었다. 이마에 둘째손가락을 갖다 대었을 뿐인데 움직일 수가 없었다.

마치 저격을 당한 것처럼.

"몸조심하셔야죠. 죽을 뻔했던 건 사실이니까요."

"……."

죽을 뻔했다고? 역시 그런 거죠?

하지만 쿄코 씨의 손가락이 닿은 내 이마에는 아무래도 탄흔이 없는 것 같고… 이 누명왕이 미스터리 용어를 잊지도 않았다. '누명'도 미스터리 용어로 친다면 말이지만.

"화이트 호스 씨는 지역 경찰에 구속된 후, FBI 수사관에게 인도되었다고 해요."

"…FBI."

"저를 쏜 것뿐이었다면 엔딩 장면에 등장하는 탐정의 특별 재량권으로 봐드릴 수도 있었겠지만… '그녀'는 처음에 이 방에서 대기업의 간부, 다시 말해서 무관한 제삼자를 저격했으니까요."

일본의 법률에 의거해 연방법으로 재판을 받게 해야죠…. 쿄코 씨는 새침한 얼굴로 말했다. 새침한 미소를 지은 채로.

"뭐, 금방 석방될 거예요. 그 브론코*를 가둬 둘 수 있는 우리는 존재하지 않을 테니까요."

"쿄코 씨가… 저를 구해 준 겁니까?"

하나 마나 한 질문이다. 그것 말고는 내가 목숨을 건질 방법이 없었으니. …하지만 글쎄, 그게 더 있을 수 없는 일은 아니었을까. 조용히 분노한 화이트 호스는 나를 향해 방아쇠를 당겼다. 발사되는 탄환보다 빠르게 나를 구출하는 것은 '불가능 범죄'보

※브론코(bronco) : 미국 서부에 서식하는 반 야생 상태의 말.

다 불가능한 일이다.

자신이 기억상실 상태임을 기억해 낸 쿄코 씨가 파괴된 탐정 사무소에 지하 공간이 있다는 것을 '추리'하는 것 자체는 뭐, 간단했을 거다. 과거의 대역은 둘째 치고 나도 할 수 있었던 '추리'이니. 발동된 망라 추리가 그 가능성을 놓칠 리가 없다. 만약 자신이 그 방공호에 모종의 비망록을 봉인했다는 사실까지 기억해 냈다면 입원 중이 되었건 한밤중이 되었건 읽으러 가지 않을 리가 없다.

명탐정의 정체성을.

완전한 망각 탐정이 되기 위해서, 다시 말해서 기억상실을 보다 강고하게 만들기 위해 폐허를 찾은 것은 '논리적 귀결'이다. 단순히 『꿈틀대는 신』을 다시 읽은 쿄코 씨가 다른 스나가 선생의 작품을 읽고 싶어졌을 뿐일 가능성도 있긴 하고, 그래서 그 포로 고문 현장으로 쿄코 씨가 달려왔다 해도 그것 자체는 가장 빠른 탐정으로서 지극히 자연스러운 전개였다고 말하지 않을 수 없다.

하지만 그럼에도 제때 올 수 있을 리가 없었다.

제아무리 가장 빠른 속도를 가지고 있어도 발사된 소총탄보다 빠르지는 않다는 것이, 다름 아니라 이 병실에서 증명되었으니….

"네에. 발사된 소총탄보다 빠를 수는 없죠. 하지만, 발사되지 않은 소총탄보다는 빠르답니다, 이 가장 빠른 탐정은."

"…그야 그렇겠습니다만요."

그건 그냥 정지한 탄환이니까. 나도 그런 소총탄보다는 빠르다. 거북이도 그보다는 빠를 거다… 응?

"다시 말해서… **불발**이었다는 겁니까?"

일정 확률로 일어날 수 있는 일이기는 하다. 오히려 전장에서는 빈번한 일이라고도 할 수 있을 것이다. 총탄이 걸리는 현상… 잼jam이라고 하던가…? 하지만 그런 예기치 못한 일이 일어나지 않도록 화이트 호스는 화를 내는 나에게 총구를 겨누기 직전에도 그렇게나 꼼꼼하게 소총을 점검했었는데.

"불발로 만들었어요. **방공호 내부의 산소 농도를 떨어뜨려서.**"

방이 더워서 에어컨 온도를 낮췄어요, 라는 투의 말을 듣고 나는 "앗." 하고 작은 목소리로 반응하고 말았다. 명탐정의 수수께끼 풀이에 대한 좋은 반응이라고는 입이 찢어져도 말하지 못하겠지만, 그 순간 밝혀진 진상에 놀랐다기보다는 여러 가지 사실들이 납득이 되어서 거꾸로 힘이 풀렸던 것이다.

핵 방공호라 해도, 서고라 해도 그 지하공간에서 공기조절장치는 완벽하게 제어되어야만 한다. 온도, 습도, 그리고 **산소 농도.** 국회도서관과 마찬가지로 분명 화재가 일어나면 스프링클러가 아니라 공기조절장치로 소화할 수 있는 장치가 있을 것이라고 나도 추측했었다. 그리고 그곳은 완전한 밀실이었다.

"탄환은 진공 상태에서도 발사가 된다고들 하지만, 그건 진공 상태에서도 인간이 살아 있을 수 있을 경우의 이야기잖아요? '또한, 공기 저항은 고려하지 않는 것으로 한다'라는 말도 덧붙여야 할까요?"

산소가 없으면 방아쇠는 당길 수 없다.

당연히 책의 산화도 막을 수 있다. …아아, 과연. 그러니 질문을 받는 족족 쿄코 씨에 관한 정보를 늘어놓을 수밖에. 화이트호스도 그럴 필요가 없었는데 시대극의 악역처럼 한참 동안 '비밀을 폭로'하고, 범행 동기가 무엇이었는지를 밝혔을 뿐 아니라 너무도 단락적인 사고에 따라 나를 사살하려 했는데, 이로써 그 모든 것에 대한 설명이 된 셈이다.

단순한 산소 부족이었다. 산소 결핍 상태에 빠진 거다.

나도 '그녀'도 혈중 산소 농도가 저하하여 논리적인 사고를 할수 없게 되어서 판단력을 잃은 상태였다. 분명 소총탄은 불발됐지만 산소 농도가 저하된 탓에 사살당할 뻔했으니 병 주고 약준 격이라고 볼 수도 있겠지만, 애초에 그게 쿄코 씨의 목적은 아니었을 거다.

어디까지나 밀실 안에 있는 범인을 제압하는 게 목적이었다. 콘크리트를 사용한 지뢰 처리보다 훨씬 난폭한 방법인 데다 나까지 죽을 뻔했다는 게 문제이기는 하지만… 과연, 화려한 밀실 트릭이다.

방아쇠를 당기는 손가락까지 굳어 버릴 만큼 산소 농도가 저하되었으니 그 후, 나와 '그녀'가 곧장 의식을 잃을 만도 했다…. 병원에서 눈을 뜰 만도 했어. 뭐가 어찌 되었건 살아 있다는 게 용할 지경이다. 묘지에서 잠들어 있어도 이상할 게 없는 상황이었다.

죽을 뻔했던 건 사실이라니… 당신이 죽일 뻔한 거잖아.

결과적으로는 덕분에 목숨을 건졌지만… 빛과 그림자의 양면 공격에 의한 살인미수다. 잘 생각해 보니 처음에 그라운드 기술에 걸려 질식할 뻔했지…. 대역과 본인이 얼마나 닮았는지를 의도치 않게 체험하고 만 셈이다.

"우후후. 그나저나 카쿠시다테 씨는 운이 좋으시네요."

"그야 뭐… 살아 있는 것만으로도 감지덕지이긴 하죠."

"저와 마찬가지로 몸집이 작았으니까요. 진범인 백마白馬 씨는 뇌에 산소가 제대로 공급되지 않아서 기절했다가 정신을 차렸을 때는 기억을 잃은 상태였다고 하니… 자업자득이긴 하지만 바라던 바대로 된 건지도 모르겠네요."

망각 탐정이 되고 싶어 했으니까요.

쿄코 씨는 그렇게 말했다.

나와 화이트 호스의 대화를, 대체 어디서 듣고 있었던 걸까…. 어느 부분부터, 그리고 어느 위치에서. 의외로 가장 먼저 그 지하 방공호에 도달했던 건 나도 길리 슈트도 아니라 쿄코 씨였을 수도 있다.

가장 빠른 탐정이기에.

나는 인상적인 서고에만 관심이 쏠려 있었지만 당연히 서고 말고도 모종의 생활공간이나 실내 관리용 컨트롤 패널이 있는 기계실 등, 숨을 수 있는 공간은 있었을 테니…. 명탐정이라기 보다는 마치 데스 게임의 주최자 같다. 화이트 호스가 나에게 강요했던 자백이 옆방에서 귀를 기울이고 있던 쿄코 씨에 대한 재인스톨에 도움이 되었다면 화자로서는 죽어도 여한이 없다 해 도 과언이 아닐지 모른다.

"신경이 쓰여서 사흘 정도 여기서 밤을 새웠는데, 카쿠시다테 씨는 기억을 잃지 않은 것 같아서 안심했어요. 의뢰인의 이익을 지켜 낸 게 탐정으로서 자랑스러워요. …결제는 현금으로 부탁 드릴게요."

사흘 동안 딱 붙어서 간병해 준 것이라면 감동을 금할 수 없 을 것 같다. 뭐, 나에게 만에 하나라도 무슨 일이 생기면 정말로 '탐정＝범인'이라는 결말이 될 수도 있다는 사정도 있었을 테고, 기억상실이라는 사실뿐 아니라 수전노라는 사실까지 기억나고 만 모양인지, 쿄코 씨는 태연하게 그렇게 말하더니 접이식 의자 에서 일어났다. 정말로 걱정해야 했던 건 개인 병실의 입원비 가 아니라 그쪽이었던 것 같다. …그렇게 생각했지만 "장난이에 요."라면서 수전노는 짓궂은 미소를 지었다.

"카쿠시다테 씨의 선물 덕분에 저는 망각 탐정으로 돌아올 수 있었으니, 이번에는 자원봉사인 셈로 해 두겠어요. …감사합니다. 이 은혜는 평생… 아니, 하루 동안 잊지 않을게요."

그렇게 말하고서 하얀 머리를 꾸벅 숙였다.

무료.

내가 이전과는 다른 의미로 할 말을 잃고 있자….

"그럼 저는 이만 실례할게요. 말은 이렇게 했어도 돌아갈 집은 없지만요…. 앞으로도 오키테가미 탐정 사무소를 애용해 주세요. 탐정 사무소도 없지만요."

쿄코 씨는 오래 있는 건 민폐라는 듯이 냉큼 퇴실하려 했다. 병문안을 온 손님으로서는 올바른 매너였지만….

"저, 저기."

나는 운치 없게도 떠나가던 쿄코 씨를 불러 세우고 말았다.

"그게… 앞으로 어쩌실 건가요?"

"어쩌긴요. 퇴원 허가는 떨어졌지만 앞서 말했듯이 집도 사라져 버렸으니, 일단은 호텔에서 요양을 해야 할까요. 사무소를 재건하기 위해 죽어라고 일해야죠. 하지만 일단은 잘래요. 사흘 동안 안 잤으니 72시간 정도를요."

"돌아갈 집이 없다고 전장으로 돌아가거나, 하시진 않을 거죠?"

나와 길리 슈트의 대화를 들었다면 '그녀'의 계획… 또 하나의 계획도 들었을 거다. 어디까지나 두 번째 목표였다지만 쿄코 씨

를 전장으로 복귀시킨다는 범행 동기를…. 과거의 보스에게 제
3차 세계대전을 저지하게 만들겠다는 세계 평화를 위한 기도를
듣고, 쿄코 씨는 무슨 생각을 했을까.

과연.

"사람을 잘못 본 거겠죠."

쿄코 씨는 고개만 돌려서 나를 보며 말했다.

어깨를 으쓱하는 동작은 FBI 수사관이나 대역보다 훨씬 그럴
듯했다. 사람을 잘못 봐? 그건… 길리 슈트가 아니라 내가 한
말이 아니었나?

"세상에는 자신과 닮은 사람이 세 명 있다잖아요. 분명 백마
씨는 맘 씨라는 분과 저를 착각한 거겠죠… 이야, 이런 우연도
다 있네요. 제가 과거에 전쟁에 참가했었다니, 그런 일은 절대
있을 수 없어요. 이 가녀린 팔을 좀 보시라고요."

그렇게 말하며 다시 한번 팔을 걷어붙였다.

탐정의 ID, 즉 정체성이 적힌 그 왼팔을.

"카쿠시다테 씨도 그런 바보 같고 공허한… 이 아니라 공상空
想 같은 이야기는 다른 사람들에게 말하지 않는 게 좋을 거예요."

"…진심으로 하시는 말이에요?"

"네에. 전혀 기억에 없는걸요."

저렇게 말하면, 대화를 끝낼 수밖에 없다. 엉망진창인 상태
로, 뒷일은 생각지 않고 갑자기 끝나 버리는 전쟁처럼.

하지만 아직 끝낼 수는 없었다.

수수께끼나 신비로움 같은 건 없지만 어떻게든 해결해야만 하는 의문점이 하나 남아 있다. 사람에 따라서는 사소한 문제일지도 모르지만, 내게는 다른 무엇보다도 중요한 사안이다. 경우에 따라서는 망각 탐정의 과거보다도.

"쿄코 씨."

"네?"

"쿄코 씨… 맞으시죠?"

분명히 말해 두는데, 딱히 의뢰비를 면제해 줘서 의심이 싹튼 것은 아니다… 아니, 물론 그것도 중요한 근거이기는 하지만, 애초에 나는 자신의 판단에 자신감을 가질 수 없었다. 책을 짓밟는 행위보다도 더 의심스러웠다.

산소 농도가 짙건, 옅건 말이다.

서고에 있던 추리소설을 모두 독파한다 해도 화이트 호스는 망각 탐정이 될 수 없다. 전쟁 이야기를 들은 것만으로는 전쟁에 참가했다고 할 수 없는 것처럼, 독서 체험을 추체험하는 것은 불가능하다…. 총구 앞에 선 상태로 산소 결핍에 빠져 제정신이 아니게 된 나는 그렇게 말했었지만, 의외로 가능할 것 같기도 하다는 생각이 들었다.

그도 그럴 것이, 사람은 책이 아니라 누군가가 쓴 독서 감상문을 읽고도 자신이 책을 읽은 것처럼 느낄 수 있기 때문이다. 책을 가지고 있지 않아도 관련 상품을 가지고 있으면 애독자인 척을 할 수 있다. 우리는 읽지 않은 책의 명언을 얼마나 많이 인용하고 살고 있을까? 읽지 않고도 아는 척 말할 수 있는 책이야말로 명작이라고 보는 견해도 있다.

쿄코 씨가 『꿈틀대는 신』으로 자신의 기억상실 체질을 기억해냈다면, 마찬가지로 그 서고에서 같은 뇌를 지닌 화이트 호스는 간단하게 오키테가미 쿄코가 될 수 있지 않았을까. 외부에서 산소 농도를 조절한 탓에 나와 길리 슈트가 의식 불명 상태에 빠졌다는 것은 틀림없는 진실일지도 모른다.

그로 인해 전범이 자업자득으로 기억 장애에 빠진 것도… 하지만 그렇게 **새하얘진 그녀라면** 독서 체험을 머릿속에 담아낼 수 있지 않을까?

25년분의 독서 체험을, 하루만에.

내가 받은 취조를 다른 방에서 듣고 있던 쿄코 씨는 자신의 대역을… 과거에 대역을 징병했을 때처럼, 대역 탐정을 만들어 냈고.

그리고 '그녀'의 팔에 직접 비망록을 적어 놓고 FBI 수사관의 도움을 받아 자신은 이미 전장으로 돌아간 것은 아닐까… 제3차 세계대전을 막기 위해서.

'바꿔치기 트릭'. '탐정＝범인'의 패턴처럼.

"아하, 과연. 그건 확실히 '합리적인 의심'을 할 여지가 있네요. 세계대전이 아직 시작되지 않은 게 '상황 증거'인 셈인가요. 그럼 저는 명탐정으로서 저에게 씌워진 누명을 벗어야겠네요."

떠나려 했던 쿄코 씨는 걷어붙인 팔에 적힌 자신의 정체를, 혹은 감찰표에 적힌 정체성을 의심했는데도 그다지 기분이 상한 눈치가 아니었지만, 활짝 열려 있던 병실의 문을 닫더니 곧장 창문을 향해 걸어갔다.

"오늘의 저로서 말하자면, 세계대전은 일어난 지 오래고 일본은 거기에 악착같이 참전하고 있지만요. 그건 뭐 그냥 넘어가기로 해요."

그다지 그냥 넘길 수가 없는 소리를 하며 환기를 위해 열어 두었던 창문을 잠그고서 커튼까지 쳤다. …저 멀리 저격수가 있는 것도 아닌데.

이것 봐요, 왜 병실을 밀실로 만드는 거죠?

불과 얼마 전에 쓸데없는 소리를 했다가 사살당할 뻔한 주제에 나는 왜 또 바보 같은 소리를 한 걸까…. 창가에서 땅속보다도 속을 알 수 없는 미소를 지은 채 내게로 타박타박 돌아온 쿄코 씨는 다시 접이식 의자에 앉지는 않고 "실례할게요."라면서 두 손을 짚고 그대로 자연스러운 동작으로, 부자연스럽게 입원 환자의 침대로 기어 올라왔다.

"쿄, 쿄코 씨?"

"잘 생각해 보니, 침대가 여기 있는데 굳이 호텔에 갈 필요가 없었어요. 잠만 잘 거라면."

　반사적으로 일어나려는 나를 쿄코 씨는 이번에는 몸통에 걸터앉아 제지했다. 핵 방공호에서 전범에게 당했던 군대 격투기와는 명백하게 방향성이 다른, 부질없는 저항을 봉쇄하는 그라운드 기술이었다.

　그리고 쿄코 씨는 신원 확인을 강요하듯 자신의 얼굴을 내 코 앞으로 들이댔다. …오키테가미 쿄코로만 보이는 그 얼굴을.

　"제가 가짜인지 의심된다면, 어디 마음껏 신체검사를 해 보세요. 앉은키를 재던 시대처럼 구석구석*."

「오키테가미 쿄코의 종전일」 **망각**忘却

※앉은키를 재던 시대 : 앉은키 측정은 건강관리와 무관하다는 이유로 일본에서는 2014년, 한국에서는 2006년에 폐지되었다.

덧 붙 임

반년 후, 사토이 아리츠구 선생님의 신작 『전서구의 레이스』가
발표되었다.

본인이 말했듯이 안 좋은 일은 하나도 일어나지 않는, 몽글몽
글 학원 코미디물이었다. …단, 학원 밖에서는 백년 이상 전쟁
이 계속되고 있다는 세계관이다. 절로 외면하고 싶어지는 학살
과 공중 폭격 속에서 안 좋은 일은 하나도 일어나지 않고, 언제
나 미소를 지은 채 평화롭게 살아가는 아이들.

설령 지금까지의 히트작들처럼 많은 사람들에게 받아들여지
지는 않을지 몰라도, 전쟁을 모르는 젊은 독자들의 마음에 곧장
와닿지는 않을지라도, 이것으로 인한 경제 효과 이상으로 세상
에 내놓을 가치가 있는 작품이라고 느꼈더랬는데, 정말이지 뜻
밖에도 아무렇지 않다는 듯이 대히트했다.

천재란 정말 대단하구나.

『오키테가미 쿄코의 감찰표』 망각忘却
단, 전쟁과 평화는 잊지 않길

◈작가 후기◈

　인간은 살아가기만 해도 여러 가지 것들을 잊기 마련이지만, 망각에도 두 종류가 있는데 '이야기를 들으면 기억나는' 것과 '이야기를 들어도 기억나지 않는' 것 사이에는 치명적인 차이가 있습니다. 이는 기억하는 방식과도 비슷한 면이 있다고 할 수 있는데 '늘 기억하고 있는 것'과 '이야기를 들으면 기억해 낼 수 있는 것'은 둘 다 '기억하고 있는 것'인데도 상당히 다르게 느껴집니다. 옷으로 예를 들자면 평상복과 외출복 같은 느낌일까요? 옷 자체는 확실히 가지고 있지만, 어디에 넣어 뒀더라… 옷장을 열어 보고는 이런 옷이 있었던가? 언제 샀더라? 하지만 소유하고 있다는 사실에는 변함이 없죠…. 안 입어서 처분했다 해도 옷을 가지고 있었던 기억만은 남는 패턴도 있을까요? 아니, 분명 기억해 두었고 알고 있는 것일 텐데, 나는 뭘 알고 있었더라? 그 분야를 공부한 경험 자체는 있지만, 공부한 내용을 기억하지 못하는 학교 시험 같은 경우도 있는데, 그쯤 되면 차라리 공부했다는 사실 자체를 잊는 편이 괜한 답답함을 느끼지도 않고 좋지 않을까요. 분명 알았던 것을 기억해 내지 못할 바에는 주변 사람들이 지적해도 '아니, 그런 건 전혀 모르겠는데'라고 강하게 주장하는 편이 본인은 속이 편할지도 모르겠군요.

내막을 공개하자면, 애초에 메피스토 휴간호에 게재할 특별한 단편으로 제1화를 「오키테가미 쿄코의 기억상실」이라는 제목으로 집필했고 '기억상실이라는 사실을 잊는다는 건 어떤 느낌일까'가 테마였는데, 그다음부터는 다시 리셋해서 새침한 표정의 망각 탐정으로 되돌리려고 했더니만, 실제로 써 보니 어째 그럴 수가 없어서 오랜만에 저도 천장에 글씨가 쓰여 있다는 사실 등을 떠올리게 되었습니다. 그럴 생각은 없었는데 설마 그 사람이 등장하게 될 줄이야…. 결과적으로는 원점으로 돌아가는, 보다 특별한 장편을 쓰게 되었다고 봐야 할까요. 그런 느낌으로 이 책은 100퍼센트 취미로 잊은 소설입니다. 망각 탐정 시리즈 제13탄, 『오키테가미 쿄코의 감찰표』였습니다. 「오선보」는 그나마 기억이 나지만, 뭐라고요, 「전언판」…?

지금까지의 표지를 답습하면서도 어딘가 다른 쿄코 씨를 VOFAN 씨가 그려 주셨습니다. 감사합니다. 멋진 북 디자인을 보고 있자니 잊지 않고 멋지다고 말할 수 있는 세상이었으면 좋겠다는 생각이 드네요. 시리즈는 제24탄까지 쓸 예정이지만, 그즈음에는 어떤 '오늘'을 맞게 될까요.

니시오 이신

출처

본 작품은 이전에 다른 매체에 게재되지 않은 신작 소설입니다.

저자 **니시오 이신**

1981년 출생. 『잘린머리 사이클』로 제23회 메피스토상을 수상하며 2002년 데뷔했다.
『잘린머리 사이클』로 시작되는 〈헛소리 시리즈〉, 처음으로 애니메이션화된 작품인
『괴물 이야기』로 시작되는 〈이야기 시리즈〉 등, 작품 다수.

일러스트 VOFAN

1980년 출생. 대만 거주. 대표작으로는 시(詩) 화집 『Colorful Dreams』 시리즈가 있다.
2006년부터 〈이야기 시리즈〉의 표지, 캐릭터 디자인을 담당.

오키테가미 쿄코의 감찰표

2023년 10월 10일 초판 발행

저자	니시오 이신
일러스트	VOFAN
옮긴이	정대식
발행인	정동훈
편집인	여영아
편집 팀장	황정아
편집	노혜림
발행처	(주)학산문화사
등록	1995년 7월 1일
등록번호	제3-632호
주소	서울특별시 동작구 상도로 282 학산빌딩
편집부	02-828-8838
영업부	02-828-8986

ISBN 979-11-6947-195-4 03830

값 12,000원